René Sommer

Die Wolkengondel

AF282392

*Zuletzt erschienen:*

*Murmeln in der Wurzelbucht. short stories. ISBN: 978-3-7583-7486-9*

*Mit den Händen ein Herz. short stories. ISBN: 978-3-7392-3041-2*

*Tropfenklang aufs Tamburin. short stories. ISBN: 978-3-7583-0268-8*

René Sommer

# Die Wolkengondel

short stories

Bibliografische Information der Deutschen Nationalbibliothek:
Die Deutsche Nationalbibliothek verzeichnet diese
Publikation in der Deutschen Nationalbibliografie;
detaillierte bibliografische Daten sind im Internet über
https://www.dnb.de abrufbar.

Editor Factory: ib-lyric
Author Photo: Erika Koller
Cover Image: Itta Beaux
Verlag: BoD • Books on Demand GmbH, In de Tarpen 42,
22848 Norderstedt
Druck: Libri Plureos GmbH, Friedensallee 273, 22763
Hamburg
ISBN: 978-3-7597-7605-1

# Inhalt

Die Mitte der Welt      7

Das Krähennest      15

Das Nashorn und die Beeren      23

Das Fest      31

Die Biene im Haar      39

Figuren im Strudel      47

Lichtnelken und Lilien      55

Der Musikstab      63

Fliegende Teppiche      71

Die Augenbrauen      79

Der türkisblaue Drache      87

Der Tragkorb      95

Das Hüttendorf      103

Im Park der Tiere      111

Das Laufband      119

Die Maus im Blumenhaus      127

Das Notizbuch      135

Der Filmklub      143

Die Bilder      151

Die Wolkengondel      159

Das Flugbrett      167

Die Heilquelle      175

Wildblumen      183

Die kurze Bootsfahrt      191

Der Flug      199

## Die Mitte der Welt

Tanzende Lichter und Schatten lässt die Sonne erscheinen. Ein Mann fährt mit seinem Rad wild durch den Wald. Er muss heftig bremsen, als ihm Golo auf dem Weg entgegenkommt. „Mit dir habe ich nicht gerechnet."
Golo lacht. „Dasselbe könnte ich auch sagen."
Der Radfahrer steigt ab. „Ich wollte dich nicht erschrecken."
Golo hebt eine Hand. „Es ist ja zum Glück nichts passiert. Warum hast du es so eilig?"
- „Ich bin unterwegs in Fahrt gekommen und habe immer ein wenig zugelegt", berichtet er, schwingt sich auf den Sattel. „Jetzt gehe ich es ruhiger an."
Golo schaut ihm nach, bis er ihn hinter den Stämmen aus den Augen verliert, lauscht dem Vogelgezwitscher. Am Waldrand, im Wipfel einer hohen Föhre, steht ein Storch im Nest, blickt auf Golo herab. Er schaut hinauf, dreht sich beim Weitergehen immer wieder um und gerät unversehens vor einen Waldfriedhof, wo eine Familie ein Trauerritual macht. Die Trauernden reichen eine Urne im Kreis herum, bevor sie eine Frau in eine ausgehobene Grube stellt. Golo geht still am Friedhof vorbei, um sie nicht zu stören, gelangt auf einem leicht abfallenden Weg durchs Wiesland vor einen kleinen Laden. Die Verkäuferin sortiert in der Auslage neben dem Eingang die Socken. „Ich ordne sie nach der Garnstärke, vom dicksten bis zum feinsten Garn habe ich eine breite Palette. Du kannst mir

sagen, welche Stärke du tragen möchtest."

Golo sagt: „Ich gehe barfuß in den Sandalen. Sobald es jedoch kühler wird, und ich Socken brauche, weiß ich jetzt, wo ich sie finden kann."

Er setzt den Weg fort. Die Wiese verzaubern Blüten in einen leuchtenden Teppich. Heuschrecken zirpen. Eine Frau holt Golo ein. „Wollen wir ein Stück weit gemeinsam spazieren?"

- „Ist gut", sagt Golo.

Sie fragt: „Wohin gehst du?"

„Ich möchte erkunden, wohin der Wiesenweg führt", antwortet er.

Ein Mann kommt ihnen entgegen. An jedem Finger der linken Hand trägt er einen Ring. Die Frau starrt darauf. „Ich bewundere dich. So viele Ringe möchte ich auch tragen."

- „Wenn es nichts weiter ist", erwidert er, „komm mit mir! In der Stadt kenne ich einen Laden mit einer riesigen Auswahl an Ringen. Dort findet ihr bestimmt einen Ring für jeden Finger."

Sie reibt sich die Hände. „Ich bin dabei!" Sie wendet sich an Golo. „Wie steht es mit dir?"

- „Ich bleibe auf dem Wiesenweg", erklärt er.

Die Frau und der Mann biegen in ein Landsträßchen ein, das in die Stadt hinunterführt.

Golo gelangt zu einem Schild. Darauf steht: „Erdbeeren zum Selberpflücken." Eine Frau bietet ihm ein leeres Körbchen an. „Frisch gepflückt sind sie am besten."

- „Das sehe ich auch so", pflichtet ihr Golo bei.

Sie gibt ihm eine Erdbeere. „Probiere einmal."

Golo isst sie genüsslich. „Im Moment habe ich große

Lust zu sehen, wo mich der Wiesenweg hinführt. Auf dem Rückweg könnte ich mir vorstellen, ein Körbchen zu pflücken."

Das hohe Gras wiegt sich sacht im Wind. Der Weg führt Golo vor ein einstöckiges Haus mit einem umlaufenden Balkon. An einem Gartentisch sitzt ein Mann. „Ich finde, mein Balkon ist der schönste Ort. Willst du zu mir hinaufkommen? Ich würde dir gern einen Tee anbieten."

- „Es sieht behaglich aus, wenn ich zu dir hinaufschaue", anerkennt Golo, „ich möchte nicht stören."

- „Ich empfange hier oben gern Besuch. Du störst gar nicht", versichert der Mann.

Ein Ball rollt den Weg hinunter. Hinterher läuft ein Mädchen. „Hilf mir den Ball zu stoppen", ruft es.

Golo rennt los. In einer ummauerten Kehre des Wegs bleibt der Ball liegen. Das Mädchen schnappt ihn. „Jetzt habe ich es alleine geschafft. Trotzdem: Danke für deine Hilfe!" Gitarrenklänge wehen von einer Bank herüber. Dort sitzt ein Mann und trägt einer Frau ein Musikstück vor. Sie steht auf, reicht Golo die Hand. „Genug zugehört! Jetzt möchte ich tanzen."

Der Gitarrist nickt ihnen zu, als sie beginnen. Golo geht es ruhig an, während die Frau wild um ihn herumhüpft und wippt. Nach einem turbulenten Finale lässt der Gitarrist die Saiten verklingen. „Du hast eine eigene Art zu tanzen", sagt er zu Golo.

„Mir hat es gefallen", sagt die Frau und ahmt Golos Tanzschritte nach, „und nun möchte ich gerne Schokoladenkuchen essen."

Der Gitarrist versorgt die Gitarre im Koffer. „Es gibt in der

Stadt einen kleinen Laden. Da gehen wir hin." Der Weg mündet in ein Landsträßchen, das nach mehreren Kehren in die Altstadt führt. In einer engen Gasse schmiegen sich alte Häuser zusammen. Dort öffnet der Gitarrist die Tür eines kleinen Ladens, lässt die Frau und Golo eintreten. Die Ladenbesitzerin begrüßt sie herzlich. „Womit kann ich dienen?"

- „Wir hätten gern Schokoladenkuchen", wünscht die Frau. Die Ladenbesitzerin weist auf die Vitrine, wo ein in Folie gepackter Kuchen steht. „Ist er recht?" Sie zieht ihn heraus, setzt die Brille auf, prüft das Datum. „Den kann ich euch leider nicht mehr verkaufen. Das Datum ist abgelaufen."

- „Das macht fast gar nichts", meint der Gitarrist, „vielleicht kannst du ihn nicht mehr verkaufen, aber verschenken." Sie legt den Kuchen auf den Ladentisch. „Esst vielleicht zuerst nur ein kleines Stück zum Versuchen."

- „Dann hätte ich gern ein Messer und ein Brett", verlangt er. Die Ladenbesitzerin rüstet ihn aus. Vor dem Laden steht ein wackliger Gartentisch. Der Gitarrist setzt sich auf den Stuhl mit verbogener Lehne. Vom Kuchen schneidet er ein winziges Stück ab, reicht es der Frau. Sie kaut es genießerisch, schließt die Augen. „Ich hätte gern mehr."

Er gibt ihr ein großes Stück, fragt Golo: „Wie steht es mit dir?"

- „Nur ganz wenig zum Probieren", wünscht er.

Der Gitarrist bietet ihm ein kleines Stück auf der Messerspitze an. Für sich selber wählt er ein großes Stück. Die Ladenbesitzerin kommt heraus. „Schmeckt der Kuchen?"

- „Vorzüglich", sagt die Frau und bestellt gerade noch einmal ein Stück.

Während sie sich über den Kuchen unterhalten, sieht sich Golo in der Gasse um. Er findet einen steilen Weg, der sich den Hang hinaufwindet. Auf der Anhöhe, wo sich die Altstadt aus der Vogelperspektive überblicken lässt, hat eine Frau Papierbahnen über die Felsen gespannt, reibt mit Kreide die Risse, Ritzen, Sprünge und Spalten ab. Der Abrieb verzeichnet auch die poröse Oberflächenstruktur, Verwitterungsspuren, Einschlüsse und Einbuchtungen. Unablässig läuft die Frau von Papierbahn zu Papierbahn. Plötzlich wird sie auf Golo aufmerksam. „Schaust du mir schon lange zu?"

- „Ich bin eben erst heraufgekommen", erwidert er, „und bewundere deine sichere Hand. Die Felsen zeichnen sich ab, und nirgends reißt das Papier."

Sie fährt mit dem Abrieb fort. „Es dauerte eine Weile, bis ich die richtige Druckstärke herausfand. Ist sie zu schwach, bleiben die feineren Texturen aus. Drücke ich die Kreide zu stark, kann das Papier tatsächlich einreißen." Sie löst bei einer Papierbahn das Klebeband, rollt sie ein.

- „Was passiert mit den Spuren?" fragt Golo, „werden sie durchs Rollen nicht verwischt?"

Sie zieht mit einer Kreide einen Strich auf eine Felsenplatte, fährt mit dem Finger darüber. „Die Spuren dieser Kreiden schmieren nie. Du kannst sie weder verwischen noch verstreichen." Behände versorgt sie die Kreiden im Rucksack, nimmt die anderen Papierbahnen ab, dreht sie zur Rolle ein. Dann lenkt sie ihre Schritte zur Stadt hinunter, während Golo dem Höhenweg folgt. Er führt aus den Felsen hinaus zu einem kleinen Dorf, an dessen Rand ein efeuumranktes Haus steht. Dort spielt eine Frau mit ihrem

Kind Verstecken. Sie duckt sich hinter die Scheiterbeige. Das Kind läuft zu einer Buche, guckt hinter den Stamm, fragt: „Wo bist du?"

Die Mutter ahmt einen Kuckucksruf nach. Es horcht auf, rennt zur Beige. „Da bist du! Ich habe dich gefunden." Nun muss sich die Mutter auf die Suche machen. Das Kind versteckt sich hinter Golo, raunt: „Bleib immer so stehen." Die Frau grüßt Golo. „Du hast nicht zufällig meine Tochter gesehen?"

- „Ich sehe nichts zufällig", erwidert er.

Sie geht an ihm vorbei. „Ja dann muss ich weitersuchen." Länger kann das Mädchen nicht an sich halten, ruft: „Kuckuck."

Die Mutter dreht sich um. „Um ein Haar hätte ich dich nicht gefunden."

Das Kind zieht Golo ins Spiel hinein. „Als Nächster musst du uns suchen."

Mit geschlossenen Augen zählt er langsam bis 20. Hierauf öffnet er die Augen, schreitet durch den Garten, späht über eine moosbewachsene Steinmauer. Hinter einem aus Zweigen dicht geflochtenen Zaun findet er die Frau. Das Mädchen verrät sich durch sein glucksendes Lachen, als Golo am Gartenhäuschen vorübertappt. So fällt es Golo leicht, es ausfindig zu machen. „Habe ich dich gefunden!"

Das Mädchen zeigt ihm ein Muster, das es aus Steinen, Tannzapfen und Zweigen ausgelegt hat. Damit beschäftigt es sich weiter.

Die Frau und Golo schauen zu. „So geht das den ganzen Tag", berichtet sie, „es erfindet immer neue Spiele." Er fragt: „Wie geht es dir dabei?"

- „Ich denke immer, die Zeit ist kurz, wo ich so intensiv beansprucht werde. Lebe ich es jetzt, so werde ich später nicht bedauern, das Zusammensein verpasst zu haben", antwortet sie.

Ein Clown kommt aus dem Dorf herauf. Er ist geschminkt, trägt eine rote Pappnase. Unter den Arm geklemmt, führt er eine Staffelei mit sich und eine auf einen Keilrahmen gespannte Leinwand. Er stolpert über seine Latschenschuhe, ringt ums Gleichgewicht. Dabei fliegt sein Koffer durch die Luft, klappt beim Aufprall auf. Farbflaschen, Dosen und Pinsel fallen heraus. Er stellt die Dosen in einer Reihe auf den Gartentisch, schraubt die Deckel ab, füllt sie mit Farbe aus den Flaschen. Die Leinwand spannt er in die Staffelei. „Ich hätte gern ein Bild von mir. Wer malt mich?"

Das Mädchen nimmt einen Pinsel, tunkt ihn in die eisvogelblaue Farbe und zeichnet den Clown mit wenigen Strichen. Mit Erdbeerrot, Farngrün, Bananengelb und Fuchsorange malt es die Flächen aus. Der Clown verneigt sich, bedankt sich fürs Bild. Die Dosen und Flaschen schraubt er zu, räumt sie mit den Pinseln in den Koffer. Achtsam legt er das Bild auf den Gartentisch. „Das gehört dir."

Golo sagt: „Ich habe dir gerne zugeschaut. Du malst lebendig."

Die Frau stellt sich hinter das Mädchen, legt ihm die Hände auf die Schulter. „Da ist dir ein ganz besonderes Bild gelungen."

Der Clown verabschiedet sich. „Es hat sich gelohnt heraufzukommen." Er schultert die Staffelei, kehrt mit seinem komisch watschelnden Gang ins Dorf zurück. Golo schaut sich nach dem Höhenweg um. „Wohin führt er?"

Die Frau weist zum Waldrand hinauf. „Zum Aussichtspunkt."

- „Da möchte ich hin", wünscht das Mädchen.

Zu dritt machen sie sich auf den Weg. Das Mädchen läuft voraus. Die Frau und Golo schreiten nebeneinander her. Oben angekommen, blicken sie auf die Waldberge ringsum. Das Mädchen lässt den Blick schweifen, meint: „Wir sind in der Mitte der Welt."

## Das Krähennest

Hohe Hecken säumen das Landsträßchen. Aus einer Abzweigung schiebt eine Frau einen Garderobenständer auf Rollen. Daran hängen türkise T-Shirts an Kleiderbügeln.
Sie fragt Golo: „Möchtest du ein neues T-Shirt?"
Er sagt: „Im Moment brauche ich kein neues."
Sie gibt zu bedenken: „Besser ist es, einen kleinen Vorrat zu besitzen, dann kannst du, falls erforderlich, schnell wechseln."
- „Ich habe kein Gepäck, keinen Rucksack bei mir", erwidert er, „ich möchte einfach nur spazieren."
- „Überlege es dir in aller Ruhe", ermuntert sie ihn, „ich halte immer T-Shirts für dich bereit."
Er folgt dem Landsträßchen, bis er vor ein Sperrgitter kommt. Es ist quer über die Straße gebaut. Ein Mann mit einem Rucksack holt ihn ein. „Kehrst du um oder kletterst du darüber?"
Golo schiebt den linken Fuß ins Eisenraster, zieht sich mit den Händen hoch, setzt den rechten Fuß ein. „Es ist wie eine Leiter."
- „Das Eisen ist rostig", mahnt der Mann, „möchtest du nicht Handschuhe tragen?"
- „Hast du welche dabei?" fragt Golo.
Der Mann öffnet den Rucksack, klaubt Handschuhe hervor, stellt sich auf die Zehenspitzen und reicht sie empor. „Versuch es damit!"

Golo legt sie an. „Sie geben das Gefühl, mehr Kraft in den Fingern zu haben."

Aus dem Rucksack nimmt der Mann ein zweites Paar Handschuhe. Er zieht sich neben Golo hoch, schiebt den Fuß ins Gitter. Schon hat Golo die höchste Stange erreicht. Rittlings setzt er sich darauf, klettert auf der anderen Seite herunter. Der Mann folgt ihm. „Mit den Handschuhen ist es ein Kinderspiel."

Als er neben Golo eintrifft, nimmt er sie ihm ab. „Man fragt sich schon, aus welchem Grund das Sträßchen verbaut worden ist."

Golo lächelt. „Jetzt nicht mehr."

Sie hören ein Sausen in der Luft. Ein Solarflugzeug gleitet über sie hinweg, landet auf der Wiese, wo sich das Heckenband verliert. Als der Mann und Golo ankommen, ist die Pilotin bereits aus dem Cockpit gestiegen. „Ein Sitz ist frei. Wer möchte mit mir fliegen?"

Der Mann geht auf das Flugzeug zu. „Ich dränge mich zwar nie vor, aber diese Gelegenheit möchte ich mir nicht entgehen lassen."

- „Das versteht sich von selber", meint sie, „alle möchten mit mir fliegen." Sie wendet sich an Golo. „Warte hier! Wir fliegen eine Runde. Und dann bist du an der Reihe."

- „Ich schaue mich auch gern auf dem Boden um", sagt Golo, „und erkunde, was es alles zu entdecken gibt."

Die Pilotin und der Mann steigen ins Flugzeug. Die Propeller sirren und rauschen. Das Flugzeug gewinnt schnell Fahrt, hebt ab und fliegt eine weite Schleife, in welcher es Höhe gewinnt.

Golo schlägt einen Weg ein, der zum Fluss hinunterführt.

Eine Wolke und der blaue Himmel spiegeln sich darin. Ein Solarschiff legt an. Ein Matrose vertäut es, schiebt die Einstiegsbrücke auf den Steg. „Möchtest du einsteigen?" Golo fährt sich durchs Haar. „Bis zum nächsten Steg fahre ich gern mit."

- „Warum nicht länger?" wundert sich der Matrose, „bis zum nächsten Steg ist es nur ein Katzensprung. Da kannst du in der Bar nicht einmal ein Glas Tee trinken."

Golo geht an Bord, stellt sich vorn aufs Deck. Der Matrose nimmt die Brücke zurück, löst das Tau. Langsam fährt das Schiff an, gleitet zur Flussmitte. Uferwälder ziehen vorbei. Eine Frau kommt aus dem Passagierraum. Sie stellt sich als Komponistin vor. „Ich gehe immer von einer Melodie aus. Dann suche ich dazu Begleitstimmen und einen rhythmischen Bass. Wenn ich auf dem Schiff bin, benutze ich eine spezielle App auf meinem iPhone." Sie klaubt ihr Handy hervor, spielt Golo die neueste Komposition vor. Er ist beeindruckt. „Deine Musik klingt sehr lebendig."

Beim nächsten Schiffssteg steigt Golo aus, folgt einem Wanderweg. Zunächst führt er die Uferböschung entlang. Bei der Biegung des Flusses kommt ein kleines buntes Holzhaus in Sicht. Ein Mann ist daran, an der Haustür eine Katzentür zu installieren. „Die Katze schläft im Haus, möchte jedoch früh hinaus. Mit Tür kann sie hinein- und hinausgehen, wann es ihr beliebt. Wir müssen uns nicht mehr darum kümmern." Er richtet sich auf. „Bei mir ist es genau umgekehrt. Ich suche einen Ort im Freien, wo ich tagsüber ein bisschen schlafen kann." Unter einer urwüchsigen Linde zeigt er Golo den Liegestuhl. „Dort entspanne ich mich."

Beim Weitergehen hört Golo eine Mönchsgrasmücke singen. Er begegnet einem Mann, der vor einem turmartigen Haus das gemähte Gras zusammennimmt. Als er Golo sieht, steckt er die Heugabel in den Boden. „Bist du auf dem Schiff gewesen?" möchte er wissen.

- „Nur von Steg zu Steg", antwortet Golo.

Der Mann hebt die Augenbrauen. „Dann bist du sicher der Komponistin begegnet."

- „Auf dem Schiff komponiert sie mit einer speziellen App", erinnert sich Golo, „ihre Musik gefällt mir."

- „Möchtest du erfahren, wie es sich anhört, wenn Musiker eines ihrer Werke spielen?" erkundigt sich der Mann, „es gibt viele Aufnahmen."

- „Im Moment genieße ich die Vogelstimmen", erwidert Golo, „aber wenn ich das nächste Mal Musik höre, lasse ich sie mir nicht entgehen."

Der Mann ergreift die Heugabel. „Du kannst jederzeit bei mir hereinschauen, bist willkommen."

Golo dankt, geht weiter. Am Ufer wachsen Weiden. Weit hängen ihre Äste herab, streifen den Fluss, ziehen glitzernde Rillen. Ein Schwan gleitet sanft auf dem spiegelnden Wasser. Eine Frau kommt Golo entgegen, fragt: „Kannst du mir helfen? Mein Sonnenschirm klemmt."

Golo hält inne. „Ich könnte deinen Sonnenschirm anschauen."

Sie führt ihn in ihren Garten. Die verschiedenen Düfte der Rosen vermischen sich. Der Sonnenschirm steht vor der flamingofarbenen Hauswand. Golo nimmt ihn aus dem Ständer, stellt ihn auf den Kopf. Dann untersucht er die Spannstangen. 2 sind ineinander verkeilt. Er büschelt sie auseinander, kehrt den Schirm um, spannt ihn auf. „Es ging leichter, als ich dachte."

Die Frau klatscht in die Hände. „Tausend Dank!" Sie rückt den Stuhl beim Gartentisch. „Darf ich dir einen Tee anbieten?"

Golo setzt sich. „Das würde mich sehr freuen."

Sie holt im Haus eine Kanne und 2 Tassen, setzt sich ihm gegenüber. „Möchtest du mit mir zusammen ein Bild malen? Ich habe eine Leinwand auf einen Keilrahmen gespannt. Farben liegen auch bereit. Wir könnten jederzeit loslegen."

Er trinkt einen Schluck Tee. „Wo hast du die Leinwand?"

- „Sie liegt im Haus bereit. Ich bringe sie gleich."

Über anderthalb Meter ist sie breit und 2 Meter hoch. Kurzentschlossen stellt sie die Frau an die Fassade des Hauses, bringt Farbeimer und Pinsel, taucht den Pinsel in die kurkumagelbe Farbe, malt mit wenigen Strichen eine Frau. „Jetzt bist du an der Reihe."

Golo taucht den Pinsel in die kornblumenblaue Farbe, lässt mit wenigen Pinselbewegungen einen Mann entstehen. „Du bist dran."

Zweimal muss er die Frau nicht auffordern. Sie nimmt sofort kirschrote Farbe, malt Flecken. „Wir sind ganz frei."

Er antwortet mit froschgrünen Tupfen, schaut sich um. „Haben wir genügend Pinsel?"

- „Für jeden Eimer steht einer bereit", antwortet sie knapp, malt mit Goldorange eine weitere Frau ins Bild.

Golo fügt grelllila Kleckse ein, tritt zurück, greift zur Teetasse. „Wollen wir das Bild so stehen lassen?"

Sie stellt sich prüfend davor auf. „Wir lassen es auf uns

wirken."

Er nimmt Platz. „Was geschieht, wenn die Farben trocken sind? Hängst du das Bild im Haus oder draußen auf?"

Ohne lang nachzudenken, schlägt sie vor. „Wir tragen es in die Galerie und fragen, ob sie es ausstellen wollen."

In Ruhe trinken sie den Tee aus. Sobald die Farben trocken sind, nehmen sie das Bild auf, die Frau geht vorn, Golo hinten. Sie schreiten den Weg in die Altstadt hinunter, gehen durch das Stadttor und eine kopfsteingepflasterte Gasse, an den bunt gestrichenen Giebelhäusern vorbei zur Galerie. Ein Mann sitzt auf einem Klappstuhl neben dem Eingang, räkelt sich, steht langsam auf. „Wollt ihr das Bild abstellen?"

Die Frau lehnt es gegen die Wand. Ein paar Schritte geht der Mann rückwärts, hält den Kopf schräg. „Es gefällt mir." Er trägt das Bild in die Galerie, hängt es an eine freie Wand. „Was meint ihr? Kommt es da zur Geltung?"

Die Frau sieht sich um. „Der Platz stimmt für mich." Sie wendet sich Golo zu. „Was sagst du dazu?"

Er stellt sich neben sie. „Hier lässt es sich gut betrachten." - „Ihr könnt jederzeit hereinschauen und prüfen, ob es für euch nach wie vor der richtige Platz ist", bietet der Mann an. Während er sich mit der Frau unterhält, wie man den besten Ort für ein Bild findet, worauf besonders zu achten ist, erkundet Golo die Gasse.

Eine Frau schiebt einen Rolltisch. „Wir bereiten ein großes Essen vor." Mitten in der Gasse platziert sie ihn, fixiert die Räder. „Hilfst du mir die Stühle tragen?" Golo folgt ihr in ein Haus in der Reihe der aneinandergebauten Giebelhäuser. Die Fassade ist altrosafarben verputzt. Innen sind im

Erdgeschoss die Natursteinmauern sichtbar belassen. Die Frau und Golo nehmen je 2 Stühle, bringen sie zur Mitte der Gasse. Ein Mann trägt einen Tisch herbei. „Darf ich ihn neben deinen stellen?"

- „Das ist doch selbstverständlich", sagt sie, setzt sich auf einen Stuhl, gibt Golo einen Wink. „Nimm ruhig Platz. Wir sind soweit bereit."

Der Mann horcht auf. „Was darf ich euch bringen?"

- „Mir ein Glas Tee", bestellt die Frau, guckt Golo an, „und dir?"

Er steht schnell wieder auf. „Während die Vorbereitungen laufen, sehe ich mir die Altstadt an. Da gibt es immer etwas zu entdecken."

- „Komm spätestens beim zwölften Glockenschlag zurück! Sonst verpasst du das Essen", mahnt die Frau.

Golo streift durch das Labyrinth der Gassen. Überall tragen die Menschen Stühle und Tische hinaus. Ein Goldhähnchen pfeift aus einem Innenhof. Mehrere Gassen führen zu einem kleinen Platz, wo eine Frau einen Marktstand aufgestellt hat. Aus kleinen Zweigen baut sie Nester, legt sie mit Gras, Moos und trockenen Blättern aus. Golo erkundigt sich: „Was stellst du her?"

Sie zeigt auf ihre Auslage. „Das sind alles Krähennester. Man kann sie bei mir beziehen und dann auf einen Baum stellen. Krähen beobachten uns Menschen genau. Wenn wir es ihnen anbieten, kann es gut sein, dass sie hoch oben im Wipfel selber ein Nest bauen. Das ist ein Beitrag, Krähen zum Brüten ganz in der Nähe unserer Wohngebiete zu bewegen. Sogar in Stadtnähe können Krähen nisten. Gerne zeige ich dir, wo eine Krähe ein Nest gebaut hat." Sie führt Golo aus der Altstadt hinaus. In der Nähe eines Turmes stehen hohe Eschen. „In den unteren Zweigen hat ein Mann ein Nest von mir ausgelegt. Schau hinauf!"

Golo legt den Kopf in den Nacken, späht hinauf. „Weit oben im Wipfel sehe ich tatsächlich ein Krähennest."

## Das Nashorn und die Beeren

Der Weg schweift vom Hang zu einer großen Halle ab. Ein Mann bittet Golo einzutreten. „Du wirst in dieser Halle den gemalten Hintergrund erleben. Möchtest du es einmal versuchen?"

Zuerst, als Golo in die Halle kommt, erscheint eine von urwüchsigen Lindenbäumen gesäumte Allee wie ein großes Wand- und Deckenbild. Plötzlich bewegen sich die Bäume, geben Golo das Gefühl, als würde er unter ihnen durchspazieren. „Wie bin ich ins Bild geraten?" fragt er sich, „und wie finde ich wieder heraus?" Er gerät in die Nähe einer Sitzbank, wo ihm eine Frau freudig mitteilt: „Gleich trifft mein Freund ein. Dann gehen wir miteinander spazieren."

Golo geht weiter, und die Sitzbank kommt wieder in Sicht. Diesmal ist die Frau sehr besorgt. „Mein Freund ist nicht gekommen, nimmt das Telefon nicht ab, beantwortet meine Nachricht und Voicemail nicht."

Golo wundert sich. „Ich muss im Kreis herum gegangen sein." Die Vermutung verstärkt sich, als er sich zum dritten Mal der Sitzbank nähert. Die Frau sitzt traurig da. „Mein Freund hat mir eine Nachricht geschickt. Treffen möchte er mich nicht, er hat etwas Anderes vor." Sie steht auf, schließt sich Golo an. „Wohin gehst du? Was hast du vor?" Er sagt: „Ich würde gern aus der Halle herauskommen."

- „Aus welcher Halle meinst du?" fragt sie, wir sind in einer

Allee." Sie schlägt einen leichten Laufschritt ein. Golo tut es ihr gleich. Die Bäume ziehen schneller vorbei, immer rasanter. Golo muss sich sputen, um die Frau nicht aus den Augen zu verlieren. Bei der Bank hält sie inne, wartet auf ihn, blickt auf die Uhr „Das war deine schnellste Runde. Du hast deinen eigenen Rekord gebrochen."

Außer Atem widerspricht er: „Ich laufe gar keine Runden, und ich stelle auch keine Rekorde auf."

Sie kramt karibikblaue Laufschuhe aus der Tasche. „Damit wirst du die nächste Runde noch schneller absolvieren."

Als Golo sie anprobiert, sprüht aus unzähligen Düsen Wasser von der Decke herab. Er hebt seine Sandalen auf, rennt in die entgegengesetzte Richtung, entdeckt zwischen 2 Baumstämmen den Ausgang. Unter der Tür bleibt er stehen, sieht er sich nach der Frau um, ruft: „Wo bist du?" Sie bleibt verschwunden. Der künstliche Regen versiegt. Nur noch vereinzelte Tropfen fallen. Vor der Halle zieht Golo die Laufschuhe aus, stellt sie neben die Tür. Barfuß folgt er einem Weg, der zu einer Felsenplatte führt, wo er die Kleider und Sandalen zum Trocknen auslegt. Er macht es sich neben der Auslage bequem, streckt und räkelt sich, genießt die Wärme der Sonne. Dabei lässt er es sich nicht nehmen, die Halle im Auge zu behalten. Als die Kleider einigermaßen trocken sind, schlüpft er hinein, begibt sich auf den Weg, der von der Felsenplatte sanft ansteigt. Sein Gang ist beschwingt. Ein Mann kommt ihm entgegen, fragt: „Kannst du meine Gitarre flicken?"

- „Was ist denn kaputt?" erkundigt sich Golo.

„Ein Bundstäbchen ist herausgefallen", klagt der Mann und klappt den Gitarrenkoffer auf.

Golo sieht sich den Gitarrenhals an. Der Mann reicht ihm das Stäbchen. „Wir bräuchten einen speziellen Leim."

Eine Frau trifft ein. „Gebt ihr ein Ständchen?"

- „Das würden wir gern", erwidert der Mann, „leider gibt es ein Problem mit dem Bundstäbchen."

Sie lässt sich die Gitarre zeigen. „Kommt zu mir nach Hause. Ich habe einen Leim, der sicher hält."

Ihr Haus steht auf einer kleinen Anhöhe über dem Dorf. Es ist kanariengelb gestrichen. Sie öffnet die Tür, führt den Mann und Golo durch einen Gang in die Werkstatt. „Leg die Gitarre auf die Hobelbank."

Der Mann nimmt sie aus dem Koffer, lockert die Saiten und schiebt sie beiseite, dass die Frau den Leim aufs Griffbrett auftragen kann. Sie drückt das Stäbchen fest an. „Das wird halten. Bis der Leim trocken ist, können wir in Ruhe eine Tasse Tee trinken."

Sie zeigt ihnen den Gartensitzplatz. „Setzt euch."

Der Mann nimmt Platz. Golo sagt: „Es freut mich, dass du helfen konntest. Nun würde ich am liebsten weiter die Umgebung erkunden."

- „Das lohnt sich", erklärt sie, „es gibt hier wunderbare Wege, welche die Landschaft erschließen."

Golo lenkt seine Schritte zunächst zum Dorf. Ein Briefträger sagt: „In unserem Dorf sind die Leute voll Vertrauen. Wir haben keine abgeschlossenen Briefkästen." Er begibt sich mit Golo zu einer gedeckten Ablage, wo einzelne offene Fächer bereitgestellt sind. Die Briefe und kleineren Paketsendungen kann er einfach in die Fächer legen. „Das vereinfacht die ganze Zustellung." Golo begleitet ihn bis zur nächsten Ablage, schaut zu, wie er die Fächer bedient.

„Das ist wirklich eine Vereinfachung", bestätigt er, bevor er den Weg zum Waldberg einschlägt. Unterwegs begegnet er einer Frau. Sie sagt: „Wie die Raupe möchte ich mich verpuppen und dann in einen Schmetterling verwandeln." Im gleichen Moment überzieht sie sich von Kopf bis Fuß mit einer grünen Haut. Die Haut reißt auf. Sie kommt als Schmetterling daraus hervor, entfaltet die Flügel, flattert davon.

Golo guckt ihr nach. Ein Mann kommt des Wegs, fragt: „Was ist das für eine grüne Haut?"

- „Das ist die Haut einer Frau, die sich verpuppt und in einen Schmetterling verwandelt hat", erzählt Golo.

- „Warum hast du sie nicht aufgehalten?" fragt der Mann weiter.

„Es ging sehr schnell. Ich bin nicht dazu gekommen, etwas zu sagen", berichtet Golo.

Der Mann meint: „Wenn das so einfach ist, könnte ich mich ja auch verpuppen."

- „Ehrlich gesagt", gesteht Golo, „ich weiß nicht, ob es einfach ist."

Der Mann jedoch verpuppt sich vor seinen Augen, wächst in eine grüne Haut ein.

„Vergiss nicht zu wünschen", rät Golo, „dass du ein Schmetterling werden möchtest."

Rasch holt es der Mann nach, bevor er sich vollständig verpuppt hat. „Dann möchte ich auch ein Schmetterling werden", ruft er.

Die Haut springt auf, ein Schmetterling schlüpft aus, entfaltet die Flügel, beginnt sie zu schlagen, fliegt fort.

Mitten im Hang, wo Golo in den Wald einbiegen möchte,

wird ein Hotel neu eröffnet. Die Wirtin steht in der Gartenwirtschaft, winkt Golo. „Heute feiern wir die Eröffnung. Ich lade dich ein. Was möchtest du trinken?"

- „Nur ein Glas Wasser", wünscht er.

Sie bietet ihm einen Platz am runden Gartentisch an. „Heute geht alles auf Rechnung des Hauses. Sei ganz unbescheiden. Bestelle, was immer du dir wünschst. Wenn es aber einstweilen beim Wasser bleibt, das bringe ich dir gerne."

Sie verschwindet kurz in der Küche, kehrt mit einem Glas zurück. „Darf ich dir außerdem etwas zum Essen anbieten?"

Golo sagt: „Vielleicht später."

Die Wirtin geht um den Tisch herum. „Es ist ein spezielles Haus", erzählt sie, „war früher ein Kurhaus. Wir haben es umgebaut. Außer der Fassade haben wir alles neugestaltet. Du musst hereinschauen und dir selber ein Bild machen."

Er steht auf, geht ins Restaurant, schaut sich um. Es befindet sich in einem großen, hellen Saal mit hohen Fenstern. Die Wirtin folgt ihm, erzählt: „Hier waren früher der Empfang und der Speisesaal. Wir haben alle Möbel herausgenommen, stellten stattdessen unsere Kleeblatttische auf. Sie haben alle 4 Blätter und bringen unseren Gästen Glück."

Eine Frau und ein Mann treffen ein. „Wir hätten gern ein Zimmer", bestellt die Frau, „und würden es am liebsten gleich jetzt beziehen."

- „Das ist selbstverständlich", erwidert die Wirtin und führt sie zur Rezeption. Der Mann fragt: „Könnten wir ein Zimmer gegen Osten haben? Dann könnten wir den Sonnenaufgang genießen."

Sie sagt: „Ich zeige es euch gern. Dann könnt ihr euch gleich entscheiden."

Sie führt die Gäste eine Treppe hinauf. Golo kehrt in die Gartenwirtschaft zurück, trinkt das Wasser. Neben dem Platz rauscht ein Brunnen. Plötzlich gluckst es in der Röhre. Im Strahl, der sich in den Trog ergießt, erscheint ein kleiner, langer Mann, scheint ganz aus Wasser zu bestehen. Er wächst blitzschnell zu menschlicher Größe heran und stellt sich vor: „Ich bin ein Röhrling, kann mich klein und beweglich wie das Wasser machen, durch alle Leitungen flutschen." Triefend vor Nässe setzt er sich zu Golo an den Tisch.

„Wie lebt es sich als Röhrling?" fragt Golo.

„Ich bin immer in anderen Leitungen unterwegs und treffe viele Menschen, die mich erstaunt ansehen, wenn sie den Wasserhahn aufdrehen. Ich sage dann: Macht euch keine Sorgen. Ich bin sauber wie das Wasser, in dem ich mich bewege. Ihr könnt ruhig damit Tee kochen." Er steht auf. „Es war angenehm mit dir zu plaudern. Jetzt muss ich aber weiterreisen." Er steigt in den Trog, verändert seine Gestalt, wird lang und kleiner, schmaler als ein Aal und wischt durch den Strahl in die Röhre zurück. Für einen Moment bricht der Wasserlauf ab, gluckst. Dann plätschert er wieder ruhig weiter.

Die Wirtin kommt mit den Gästen in die Gartenwirtschaft. „Warum ist der Stuhl so nass? Hast du ihn in den Brunnen gestellt?"

Golo erzählt seine Begegnung mit dem Röhrling. Die

Wirtin und die Gäste lachen. „Du hast eine eigene Fantasie", sagt die Wirtin.

Golo dankt fürs Wasser, macht sich auf den Weg. Er geht den Waldrand entlang, bis er zu einer Baustelle kommt. Ein Mann sagt: „Geh ruhig in den Neubau und mach dir ein Bild, wie der Innenausbau erfolgt."

Golo tritt ein. In einem großen Raum sind eine Malerin und ein Schreiner. Sie zeigen den Menschen, die sie umringen, farbige Platten. Sie haben verschiedene Formen und Farben. Die Menschen halten sie an die Wand, besprechen sich eifrig. Der Schreiner erläutert Golo: „Wir haben die Vorgabe vom Architekten, mit den künftigen Bewohnern zu reden. Wie sie sich den Innenausbau vorstellen, welche Farben und Formen sie wünschen."

Die Malerin fügt bei: „Wir haben eine große Farbpalette, können die Farben auch mischen oder mehrere Farben in einem Raum verwenden."

„Ich kann verschiedene Formen zuschneiden", bietet der Schreiner an. Die Menschen umschwärmen ihn, beschreiben mit Worten, zeichnen Skizzen, wie sie den Innenausbau wünschen. Ebenso umworben ist die Malerin. Sie malt immer neue Farbmuster. Golo verlässt den Neubau, folgt dem Weg, der in den Wald einmündet. Er lauscht dem Gesang der Vögel, dem Rauschen des Windes, genießt die Stille. Plötzlich hört er schwere Tritte. Ein Nashorn trampelt durchs Unterholz. „Was suchst du in meinem Wald?"

- „Wieso ist das dein Wald?" fragt Golo zurück.

„Ich lebe hier, es ist mein Revier", erklärt das Nashorn.

„Weißt du, wie eine Walderdbeere schmeckt?" erkundigt

sich Golo.

Das Nashorn schnaubt. „Davon habe ich keine Ahnung."

- „Ich werde dir eine pflücken", verspricht er, „allerdings müsste ich mich frei durch deinen Wald bewegen können."

- „Wenn es denn sein muss", grummelt es, trottet hinter ihm her.

In einer Lichtung findet Golo eine Walderdbeere. „Sperr das Maul auf."

Das Nashorn öffnet es, und er legt ihm die Beere auf die Zunge. Genüsslich zerkaut sie das Nashorn. „Das schmeckt nach mehr."

Eine Beere um die andere pflückt er, schiebt sie dem Nashorn ins Maul. „Siehst du, es lohnt sich, wenn ich mich frei im Wald bewegen darf."

Das Nashorn blickt ihn lange an, schließt dann kurz die Augen. „Du bist jederzeit willkommen."

## Das Fest

Golo steigt zu einer Bergweide hinauf. Auf dem Weg holt ihn eine fröhliche Schar schwatzender und rufender Kinder ein. Sie eilen zur Bergweide, wo sie plötzlich verstummen und stehenbleiben. Kälber tollen umher, bis sie der Hirt ruft. Dann laufen sie zur Berghütte, weiden. Die Kinder folgen nach, können sie sogar streicheln. Als Golo eintrifft, fragt ihn der Hirt: „Woher sind die Kinder?"

Golo sagt: „Sie haben mich unterwegs eingeholt."

In diesem Moment erscheint die Lehrerin, sie redet ruhig mit den Kindern. „Der Treffpunkt war der Waldrand. Warum seid ihr weitergerannt?"

- „Zuerst hatten wir Angst vor den Kälbern. Dann wollten wir sehen, wohin sie gehen", berichtet ein Junge.

„Ich hätte nie gedacht, dass wir sie streicheln können", fügt ein Mädchen bei.

Die Lehrerin sucht mit den Kindern die Feuerstelle auf, es hat dort Bänke und Tische. „Packt euer Essen aus."

Golo spaziert weiter, trifft einen Mann mit einem Köfferchen, der ihn fragt: „Darf ich dir zeigen, wie du Panflöte spielen kannst?"

Golo erwidert: „Ich habe leider keine Panflöte."

Der Mann öffnet das Köfferchen. „Das macht fast gar nichts." Er zieht eine Panflöte hervor, führt sie an die Unterlippe, bläst sie an. Kaum ist ein Ton erklungen, reicht er sie Golo. „Versuch du es."

31

Golo hält sie wie der Mann an die Unterlippe. Spontan gelingen ihm alle Töne. Er spielt eine kleine Melodie. Die Töne locken einen großen Schwarm Bergfinken an. Der Himmel verdunkelt sich. Sie umschwirren ihn, dass er vollständig unter den Vögeln verschwindet. Erst als er die Panflöte absetzt und schützend vors Gesicht hält, lichtet sich der Schwarm, fliegt weg.

„Du bist ein magischer Spieler", lobt der Mann, „ich schenke dir die Flöte. Damit kannst du viel Aufsehen erregen. Stell dir vor, du spielst in der Stadt, lockst alle Tauben an. Das wäre ein Spektakel."

- „Lieber nicht", sagt Golo und gibt ihm die Panflöte zurück, „mir war der Schwarm viel zu nah gekommen."

Der Mann wiegt die Flöte in der Hand. „Dann verrate mir wenigstens den Trick. Wie hast du die Vögel angelockt?"

Golo hebt die Achseln. „Ich weiß es nicht. Ich spielte einfach so, wie du es mir gezeigt hattest, und schon waren die Vögel da."

Der Mann setzt die Flöte an, imitiert Golos Melodie. Aber es gelingt ihm nicht, Vögel anzuziehen. Er gibt es auf, versorgt die Flöte im Köfferchen. „Wie gesagt, ich würde sie dir gern überlassen."

Golo bleibt dabei. „Es wäre mir unheimlich, so viele Vögel in Aufruhr zu bringen."

Der Mann schlenkert das Köfferchen, geht talwärts. Golo lenkt seine Schritte zum Berg, genießt die Aussicht auf die Waldberge ringsum. Eine Frau kommt auf ihn zu, fragt: „Hilfst du mir, einen Plan aufzuhängen?"

- „Das mache ich gerne", erwidert er, folgt ihr zu einer Scheune.

Der Plan liegt zusammengerollt am Boden. Hammer und Nägel liegen bereit. „Jetzt könntest du den Plan ausgerollt gegen die Wand drücken, dass ich die Nägel an den Ecken einschlagen kann", weist sie ihn an.

Er rollt den Plan aus, presst ihn mit beiden Handflächen gegen die Wand. Sie befestigt ihn mit Nägeln. „Der Plan zeigt die Strecke, die man mit dem Roller fahren kann."

Sie öffnet die Scheune, nimmt einen Roller heraus. „Unternimm eine Probefahrt."

Golo studiert den Plan, stellt sich auf den Roller, fährt los. Der Wind streicht ihm durchs Haar. Den Hut muss Golo fest an den Kopf drücken. Die Haarnadelkurven des Bergsträßchens stellen hohe Anforderungen an die Fahrkünste. Bremst Golo zu stark, so verliert er Fahrt. Bremst er zu wenig, droht ihm, aus der Kurve getragen zu werden. Mit einer steilen Geraden endet das Sträßchen bei der unteren Scheune. Golo hält an, stellt den Roller an die Wand. Aus der Scheune tritt ein Mann und fragt: „Bist du der erste Fahrer heute?"

- „Das weiß ich gar nicht", erwidert Golo, „ich habe einfach den Plan angeschaut und mir dann vorgestellt, wo das Bergsträßchen ungefähr durchgeht."

- „Ich gebe dir einen Tee als Willkommenstrank. Ich finde die Rollerbahn großartig." Er verschwindet kurz in der Scheune, kehrt mit 2 Gläsern Tee zurück. „Eine Mischung des Hauses zum Probieren. Wie findest du sie?"

Golo trinkt einen Schluck. „Dieser Tee schmeckt ausgezeichnet."

- „Und was sagst du zur Rollerbahn?" möchte der Mann wissen.

„Sie ist im oberen Teil sehr anspruchsvoll mit den Haarnadelkurven", sagt Golo, „aber man schwingt sich ein und gewinnt im unteren Teil gewaltiges Tempo."

Als er den Tee ausgetrunken hat, nimmt ihm der Mann das Glas ab. „Ich hoffe, ich sehe dich von jetzt an immer wieder auf der Rollerbahn. Das könnte deine neue Leidenschaft werden."

- „Wir werden sehen", meint Golo, wählt einen Weg, der ihn in den Wald führt. Sattgrün schimmert das Moos auf den Steinen. Golo dringt immer tiefer ein, begegnet einer Frau. Sie fragt: „Kannst du das Lied aufzeichnen, das ich dir vorsinge?" Ohne seine Antwort abzuwarten, trägt sie es vor. Ihre Stimme hallt im Wald. Notenpapier und einen Stift klaubt sie aus der Tasche.

Er legt es auf eine Felsenplatte, setzt Noten in die Linien. „Das wäre also das Lied." Dann schreibt er die Worte darunter. Ein Mann kommt zur Felsenplatte, betrachtet die Noten. „Darf ich das Lied einmal singen?"

- „Wir bitten dich darum", sagt die Frau.

Er nimmt das Blatt auf, singt es in seiner Stimmlage. Sie schließt die Augen, wiegt sich im Takt. „Eine Oktave tiefer klingt es auch schön", findet sie, „wir könnten es zweistimmig singen, ich in der notierten Lage, du eine Oktave tiefer." Sie führen es gleich aus, lassen den Hall des Waldes auf sich wirken. Golo hört zu. Aufs Mal scheinen die Vögel lauter zu singen. Die verschiedenen Stimmen klingen zusammen. Der Mann wünscht: „Ich möchte das Lied irgendwo vortragen. Wer könnte uns zuhören?"

- „Vor dem Wald hat es ein kleines Restaurant", fällt ihr ein, „dort könnten wir das Lied singen." Sie wendet sich an

Golo. „Komm mit! Wir singen zu dritt." Sie schreiten durch den Wald. An den Bäumen schimmern die Blätter.

In der Gartenwirtschaft vor dem kleinen Restaurant sitzen 4 Gäste. Sie freuen sich, als die Frau sagt: „Wir werden euch ein Lied vorsingen."

Sie stellt sich zwischen den Mann und Golo, holt Atem, gibt mit einem Kopfnicken den Einsatz. Zusammen tragen sie das Lied vor. Die Wirtin stellt sich unter die Tür. Als das Lied verklingt, klatscht sie mit den Gästen, rückt die Stühle an einen Gartentisch. Die Frau und der Mann setzen sich, während Golo sagt: „Ich komme gerade von einem Tee, würde gern die Landschaft anschauen." Er verabschiedet sich, schlägt einen Weg ein, der ihn durch eine Wiese führt. Salbei, Margeriten und Habichtskraut blühen.

Eine Frau kommt ihm entgegen, sagt: „Ich bin in einem Verlag tätig. Wenn du ein Manuskript oder Notenblätter veröffentlichen möchtest, kannst du dich an mich wenden." Golo erzählt ihr vom Notenblatt: „Ich habe es der Frau überlassen."

Sie rät: „Sammle in Zukunft die Blätter. Trage sie zu einem Liederbuch zusammen."

- „Das könnte ich mir vornehmen", erwidert er.

Der Weg führt zum Bahnhof. Golo steigt in einen Zug. Er fährt in einem großen Kreis herum, langt immer wieder beim Bahnhof an. Golo fragt den Zugbegleiter: „Warum kommt er nicht aus dem Kreis heraus?"

Der Zugbegleiter erklärt: „Wir haben im Gepäckwagen ein Paket ohne Postleitzahl. Deshalb kehrt der Zug stets zum Bahnhof zurück."

Eine Frau steigt ein, hat ein Büchlein mit den Postleitzahlen dabei und nennt die gesuchte Zahl. „Jetzt könnt ihr das Paket richtig adressieren." Der Zugbegleiter eilt zum Gepäckwagen, trägt die richtige Postleitzahl ein.

Der Zug setzt sich wieder in Bewegung. Diesmal verlässt er den Kreis. Die Frau nimmt gegenüber von Golo Platz. „Bei allen Bahnfahrten habe ich das Büchlein dabei. Es leistet mir nützliche Dienste."

Beim nächsten Halt steigt Golo aus. „Ich möchte wieder zu Fuß die Welt entdecken." Er findet im Gras ein Stück Schlangenhaut. „Da muss sich eine Schlange gehäutet haben." Eine Frau kommt des Wegs. „Was hast du gefunden?"

Golo zeigt ihr die Schlangenhaut.

„Ich würde sie gern in meine Steinsammlung legen", sagt sie, „irgendwie passt sie zu den Versteinerungen."

Behutsam übergibt er ihr die Haut.

„Möchtest du meine Steinsammlung sehen?" fragt sie.

„Wenn es keine Umstände macht", entgegnet er.

„Umstände?" Sie lacht, führt ihn zu ihrem weiß gestrichenen Holzhaus. „Wir müssen nicht einmal hineingehen." Die Steinsammlung befindet sich in der Veranda unter dem Vordach. Sie legt die Schlangenhaut zwischen 2 Ammoniten, beschwert sie an beiden Enden. „Damit sie der Wind nicht verweht." Sie blickt ihn von der Seite an. „Vielleicht gehen wir dennoch ins Haus. Ich würde dir gern meine Karten zeigen."

- „Was denn für Karten?" erkundigt sich Golo.

Sie öffnet die Tür, lässt ihn eintreten. Im Wohnraum steht ein großer Tisch. Darauf legt sie Karten aus. „Das Spiel nennt sich ,Wer wir sind'." Auf den Karten ist immer ein

Mensch abgebildet. Seine Haarlänge und -farbe ist von Karte zu Karte leicht verschieden, ebenso die Körpergröße, das Geschlecht, das Alter. Jede kleine Veränderung bringt einen leicht anderen Menschen hervor. „Bei dem Spiel geht es darum, eine Reihe vom Menschen, der ich bin, auszulegen bis zum Menschen, der mir gar nicht mehr gleicht, mit möglichst vielen Zwischenstufen."

Golo sucht nach der Karte, die am meisten Übereinstimmung mit seinem Aussehen hat. „Damit könnte ich beginnen." Dann entwickelt er eine Reihe zur Karte, die einen Menschen zeigt, der ihm überhaupt nicht ähnlichsieht. Die Reihe wird immer länger, je feiner Golo die Abstufung gestaltet.

Die Frau nimmt andere Karten hervor, ein Sprachspiel. Jede Karte enthält ein Wort oder die Teile eines Satzes. Als Golo sie auslegt, entsteht überraschend plötzlich ein zusammenhängender Text. Er erinnert sich an den Augenblick, als er als Kind zum ersten Mal zusammenhängende Wörter geschrieben hatte, sie las, und die Sprache zu ihm sprach. Die Sonne scheint hell zum Fenster hinein, taucht die Karten in einen hellen Schein. Der Text lautet: „Zu einem Fest kommen viele Gäste. Sie genießen den Tag."

Die Frau sagt: „Mit etwas Glück findest du heraus, was der Text mit dir zu tun hat."

Golo verlässt das Haus, wandert auf der Landstraße. Ein Mann holt ihn ein. „Bist du auch eingeladen?"

 - „Wozu?" erkundigt sich Golo.

Der Mann gibt beschwingt Auskunft: „Im Restaurant gibt es eine Feier. Unsere Firma feiert ein Jubiläum."

Golo hört genau hin und erzählt: „Ich habe einen Zufallstext ausgelegt, der eine verblüffende Übereinstimmung hat."

- „Womit?" fragt der Mann, „mit unserer Feier? Möchtest du auch dabei sein? Das lässt sich bestimmt arrangieren."
Golo entgegnet: „Bei einem anderen Anlass vielleicht gern. Dies ist ja euer Jubiläum."

- „Es gibt sicher wieder eine Gelegenheit", meint der Mann, eilt mit großen Schritten zum Restaurant.

Als Golo dort anlangt, ist die Gartenwirtschaft fast bis auf den letzten Platz besetzt. Die Gäste unterhalten sich fröhlich. Die Stimmen schwirren. Er geht um das Restaurant herum.

Eine Frau winkt ihm. „So geschlossen ist unsere Gesellschaft gar nicht. Du darfst dich ruhig zu uns setzen."

Golo bedankt sich. „Vielleicht später. Ich bin gerade auf einem Erkundungsgang."

## Die Biene im Haar

Golo spaziert unter Bäumen durch. Die Wipfel bilden ein grünes Dach, ziehen über ihn hinweg. Mit jedem Schritt wechselt das Licht. Er begegnet einer Frau. Sie fragt ihn: „Möchtest du mir helfen? Ich habe meine Jacke umgebunden gehabt und sie verloren." Sie gehen zurück, bis sie die Jacke finden. Sie liegt mitten auf dem Weg. „Danke für deine Hilfe", sagt die Frau.

„Ich habe dich nur begleitet", erwidert er, „gefunden hast du sie selber."

- „Mit dir zusammen ist es mir leichter gefallen, den ganzen Weg zurückzugehen", hält sie fest, „darum würde ich dich gern zu einem Tee einladen."

Ihr Haus steht am Waldrand. Sie trinken den Tee und unterhalten sich. „Diese Jacke trage sich seit vielen Jahren. Sie ist wie eine zweite Haut für mich. Ich wüsste gar nicht recht, was ich sonst anziehen könnte", betont die Frau.

- „Du hast einen sicheren Geschmack", findet Golo, „es würde dir bestimmt etwas einfallen."

- „Nicht ohne meine Jacke", bestimmt sie, „ich wäre wirklich äußerst verlegen."

Golo steht auf, bedankt sich für den Tee, geht zur Tür. „Ich habe mich bei dir sehr wohlgefühlt."

- „Wenn ich wieder etwas verliere, werde ich mich an dich wenden. Du bringst Glück", ruft sie ihm nach.

Er macht sich auf den Weg durch den Wald, trifft einen

Mann. „Ich suche ein Schaf. Vorhin war es noch in der Herde am Weiden. Jetzt ist es verschwunden."

- „Du denkst, es sei in den Wald gelaufen", nimmt Golo an.

„Das könnte sein", befürchtet der Mann, „hoffentlich hat es kein Wolf gerissen."

- „Da würdest du Spuren sehen", schränkt Golo ein, „so sauber würde das nicht vonstatten gehen."

- „Es ist seltsam mit diesem Schaf", berichtet der Mann, „es verlässt immer wieder die Herde und geht in den Wald."

Golo findet ein Stück Wolle an einer Brombeerranke. „Hier könnte es durchgelaufen sein."

Der Mann gibt ihm recht. „Das ist bestimmt sein Haar."

Auf einer Lichtung finden sie das Schaf. Es kommt mit, als der Mann es ruft, trabt hinter ihm her. „Es hat eine gute Beziehung zu dir", vermutet Golo.

„Jetzt muss ich noch ein bisschen Yoga machen. Das hätte ich fast vergessen", sagt der Mann. Bei der Schafweide rollt er seine Matte aus und beginnt mit den Übungen. „Man muss täglich daran sein, sonst kommt man aus der Übung."

Er legt sich auf die Matte, zeigt Golo die Übungen. Während er Yoga macht, bilden die Schafe einen Kreis um die Matte. Neugierig schauen sie ihm zu.

Nachdem er alle Übungen gemacht hat, bietet er Golo die Matte an. „Du darfst gerne probieren."

Golo sagt: „Es scheint ja noch die Sonne. Ich würde die Übungen gern abends machen." Der Mann meint: „Das ist dir unbenommen. Komm einfach abends zu den Schafen hinaus."

Golo steigt in ein Tal hinab, wo der Bergfluss in Wasserfällen über die Felsen rauscht. Dort trifft er eine Frau. „Ich möchte einen Verlag gründen", berichtet sie, „dort sollen alle Werke Aufnahme finden, die ein anderes Bild von der Welt zeichnen. Dazu suche ich einen Partner."

Ein Mann kommt ins Tal der Wasserfälle. „Ich würde gern in einem Verlag arbeiten, ein Werk betreuen und bis zur Veröffentlichung begleiten."

Die Frau freut sich. „Wir könnten zusammen einen Verlag auftun."

Der Mann erklärt: „Da wäre ich sofort dabei."

- „Möchtest du auch mitmachen?" fragt sie Golo.

Er erwidert: „Ich bin neugierig, wie ihr vorgeht und würde euch gerne zuschauen."

Die Frau meint: „Auch ein Zaungast ist willkommen."

Sie gehen miteinander in die Stadt, sehen sich nach einem Haus um, das als Verlagshaus dienen könnte. „Zunächst suchen wir in der Nähe des Bahnhofs", empfiehlt die Frau. „Das bietet viele Vorteile", pflichtet ihr der Mann bei.

Sie lenkt den Blick auf ein schmales, rotes Haus. Im Fenster hängt ein Plakat. „Zu verkaufen", steht darauf und eine Telefonnummer. „Das könnte es sein", meint sie, ruft mit dem iPhone den Besitzer an.

Er ist in kurzer Zeit zur Stelle, führt sie durchs Haus. „Die Räume weisen eine angenehme Größe auf", stellt der Mann fest.

Die Frau ist sofort überzeugt. „Wir kaufen das Haus."

Der Besitzer fragt: „Wollt ihr es mit den Möbeln übernehmen? Es ist als Verlag eingerichtet."

Der Mann klatscht in die Hände. „Das trifft sich gut. Wir haben auch vor, einen Verlag aufzutun."

Der Besitzer sagt: „Für meinen Verlag wurde das Haus zu klein. Aber um ein Unternehmen zu beginnen, hat es genau die richtige Größe."

Die Frau malt in Großbuchstaben „Verlag" auf die Rückseite des Plakates, hängt es wieder ins Fenster.

Es dauert nicht lang, da läutet die Klingel, und eine Autorin meldet sich. Sie fragt an: „Wollt ihr mein Buch in eurem Verlag herausgeben?"

Der Mann setzt sich an den Schreibtisch, blättert im Manuskript, das die Autorin gebracht hat. „Das könnte unser erstes Buch werden."

Er reicht es der Frau weiter. Sie schlägt das Manuskript auf, liest eine Passage. „Wir werden es eingehend prüfen und geben Bescheid."

Golo sagt: „Ich finde euren Einstieg interessant und wünsche gutes Gelingen."

Die Frau steht auf. „Willst du schon gehen?"

Der Mann plant: „Wir haben an eine kleine Eröffnungsfeier gedacht. Da solltest du dabei sein."

Golo geht zur Tür. Er hat etwas anderes vor. „Ich möchte die Stadt und ihre Umgebung erkunden." Er flaniert an bunt gestrichenen Giebelhäusern vorbei, schreitet durch ein Tor. Vor einem Hutgeschäft spricht ihn eine Frau an: „Ich hätte genau den Hut, der dir passt."

- „Aber ich trage schon einen Hut, der mir passt", wendet er ein.

„Es geht nicht allein um die Größe, es geht auch um den Eindruck, den er erweckt", betont sie, nimmt einen weißen Hut mit schwarzem Hutband vom Gestell.

„Das ist doch genau der gleiche Hut, den ich trage", wundert er sich.

„Auf den ersten Blick mag es so erscheinen", räumt sie ein, „aber dieser Hut hat eine gerade Krempe, während sie bei deinem leicht gewellt ist."

- „Wirkt das nicht ein bisschen steif?" möchte er wissen.

Sie fordert ihn auf: „Setz ihn auf und guck in den Spiegel. Du musst dir selber ein Urteil bilden."

Golo legt seinen Hut ab, setzt den mit der geraden Krempe auf, schaut in den Spiegel. „Die Krempe macht den Unterschied", gibt er zu.

Sie nimmt ihm den alten Hut ab. „Bestimmt wirst du mit dem neuen Hut viel erleben", sieht sie voraus.

Golo zieht ihn in die Stirn, schiebt ihn in den Nacken, bringt ihn in eine mittlere Lage. Er wandert aus der Stadt hinaus, begegnet einem Mann. „Normalerweise würde ich dich nicht ansprechen", beginnt er, „aber die unnatürlich gerade Krempe bringt mich auf den Gedanken, dass dieser Hut ganz neu ist."

- „Das stimmt", gibt Golo zu, „möchtest du mir sonst noch etwas mitteilen?"

Der Mann hüpft. „Kannst du dich mit deinem Hut auch frei bewegen?"

Golo hopst. „Wie du siehst, fällt es mir leicht."

Der Mann rennt unter den Ästen eines Baumes durch. „Das wird dir kaum gelingen."

- „Wieso nicht?" entgegnet Golo und führt es ihm gleich vor. Allerdings muss er den Kopf einziehen, dass ihm die Äste nicht den Hut abstreifen.

Beim Weitergehen findet er am Waldrand einen Schreibtisch, setzt sich hin und beginnt in sein Notizbuch zu schreiben. Eine Frau kommt vorbei, wundert sich über seine Hingabe. „Du bist ganz konzentriert aufs Schreiben, hast mich nicht einmal kommen hören." Golo schaut auf. „Das stimmt. Doch jetzt bin ich ganz Ohr."

- „Ich möchte nicht stören", sagt sie und wendet sich zum Gehen. Versonnen blickt ihr Golo nach. „Ich lerne immer etwas hinzu", erkennt er, erhebt sich, folgt dem Weg, der den Wald säumt.

Ein Mann nähert sich, bringt 2 flache Steine. „Wenn du sie aufeinanderlegst, schützen sie dich vor Ungemach."

Golo fragt: „Wirken sie auch in die Ferne?"

- „Wie meinst du das?" möchte der Mann wissen.

„Ich würde sie am Wegesrand aufeinanderlegen, damit ich sie nicht die ganze Zeit tragen muss", erklärt er.

Der Mann schichtet sie vorsichtig aufeinander. „Das müssen wir ausprobieren. Wenn dir etwas Unangenehmes passiert, kehrst du um und holst die Steine. Dann würde ich dir aber dringend raten, sie immer bei dir zu haben." Er verabschiedet sich mit den Worten: „Mögen sie dich auch aus der Ferne beschützen."

Golo dankt ihm, geht vergnügt weiter. „Nun bin ich vor allem Ungemach beschützt." Er kommt an einem Haus vorbei. Die Tür öffnet sich. Eine Frau tritt heraus, verabschiedet sich vom Kind, das ihr bis zur Schwelle folgt: „Du bist nicht lang allein. Bald kommt der Vater heim." Zu Golo gewandt, erklärt sie: „Wir haben das Alleinsein sorgfältig mit ihm aufgebaut, dass es keine Angst hat." Das Kind fragt: „Darf ich meine Zeichnungen zeigen?"

Die Frau blickt auf die Uhr. „Dazu reicht die Zeit noch. Dann muss ich wirklich gehen." Das Kind bringt 2 Zeichnungen und zeigt sie Golo. Auf dem ersten Bild hat es ein Kind gezeichnet, das schwarze Kleider trägt. „Wenn ich Kaminfeger werde, trage ich schwarze Kleider." Auf dem zweiten Bild erscheint das Kind in weißen Kleidern. „Wenn ich Bäcker werde, arbeite ich in Weiß." Es geht mit den beiden Zeichnungen ins Haus. Die Frau lenkt ihre Schritte zur Stadt, während Golo dem Weg am Waldrand folgt.

Auf der Wiese landet ein Heißluftballon. Die Gebrüder Montgolfier steigen aus der Gondel. „Darf ich dich etwas fragen? In welcher Zeit sind wir gelandet?" fragt der ältere Bruder.

Golo nennt ihnen die Jahreszahl. Der Jüngere bläst die Backen auf. „Wir fliegen immer ferner in die Zukunft. Das hätten wir uns nie träumen lassen."

„Was machst du in deiner Zeit? Womit beschäftigst du dich?" möchte der Ältere wissen.

Golo sagt: „Ich spaziere und erkunde die Umgebung."

- „Du kannst mit uns fliegen und die Welt aus der Vogelperspektive ansehen", lädt ihn der Jüngere ein.

„Ich bleibe lieber am Boden", erwidert Golo und dankt für die Einladung.

Der Ältere steigt in die Gondel. „Du musst es wissen."

Der Jüngere folgt ihm. „Möchtest du uns etwas Wichtiges mit auf den Weg geben?"

- „Kehrt gut zurück!" wünscht Golo nach einigem Nachdenken.

Langsam hebt der Ballon wieder ab. Die Gebrüder Montgolfier winken. Immer höher fliegt der Ballon hinauf, bis er als kleine Kugel ins Blau des Himmels taucht.

Golo beobachtet die Bienen. Sie summen von Blüte zu

Blüte. Plötzlich verfängt sich eine Biene in seinem Haar, summt aufgeregt.

Eine Frau kommt hinzu, sieht die Biene im Haar. „Viel kann nicht passieren. Du musst nur ruhig bleiben. Vielleicht befreit sich die Biene ja selber." Sie schaut genau hin. „Darf ich dir ins Haar langen?"

Golo reckt den Kopf vor. „Ich bitte dich darum, aber sei vorsichtig, dass dich die Biene nicht sticht. Sie ist sehr aufgeregt."

Kaum hat die Frau eine Strähne berührt, krabbelt die Biene aus den Haaren hervor, fliegt weg. Die Frau und Golo schauen ihr nach. „Das ging leichter als gedacht", sagt die Frau.

„Aber nicht ohne deine Hilfe", fügt Golo hinzu.

## Figuren im Strudel

Bei jedem Schritt wechseln Licht und Schatten. Die Sonne blitzt zwischen den Baumkronen hindurch. Golo blickt sich um. Wo die Lichtfinger in den Wald greifen, leuchten Himbeeren. Golo pflückt eine Beere, schiebt sie in den Mund. Er folgt einem Weg, der zum Waldrand an eine Bahnstation führt. Ein Zug hält an. Golo steigt ein. Der Zug rollt an, fährt in die Stadt, hat einen längeren Aufenthalt. Golo verlässt den Zug, spaziert durch die Bahnhofhalle.

Eine Frau spricht ihn an: „Möchtest du einen Rucksack haben?"

Golo meint: „Lieber nicht! Er könnte mich belasten."

- „Dieser Rucksack nicht", widerspricht sie, „er ist federleicht. Überzeuge dich selber! Ziehe ihn einmal probeweise an."

Er nimmt den Rucksack, schlüpft in die Träger. „Ich muss es zugeben. Er belastet mich nicht im Geringsten."

- „Behalte ihn!" ruft ihm die Frau zu, bevor sie in der Menge verschwindet.

Golo geht mit dem Rucksack weiter. Ein Mann kommt ihm entgegen. „Es geht mich zwar nichts an, aber darf ich dich etwas fragen?"

- „Nur zu", entgegnet Golo.

„Was hast du im Rucksack?" erkundigt sich der Mann.

„Nichts", antwortet Golo, „ich habe ihn soeben geschenkt bekommen. Und darum ist er noch leer."

Der Mann zeigt ihm eine Schachtel Farbstifte. „Willst du sie einpacken? Dann hättest du sie immer dabei, könntest nach Lust und Laune malen oder zeichnen."

Golo steckt sie in den Rucksack. „Danke vielmals! Da kann ich nicht gut nein sagen."

Mit beschwingtem Schritt entfernt sich der Mann. „Ich wünsche dir viel Vergnügen."

Eine Frau wendet sich an Golo: „Habe ich das richtig gesehen? Du hast Farbstifte in den Rucksack gepackt?"

- „Das stimmt", sagt Golo, „das war ein Geschenk."

Sie reicht ihm einen Malblock. „Sicher kannst du ihn gut brauchen. Und er findet bequem im Rucksack Platz."

Er öffnet den Rucksack, schiebt den Malblock hinein. „Er hat genau die richtige Größe."

- „Das dachte ich mir", sagt die Frau und entfernt sich mit schnellen Schritten, bevor Golo dazu kommt, ihr zu danken. Auf der Anzeige sieht er, dass der Zug bald abfährt. Kurzentschlossen lenkt er die Schritte zum Gleis und steigt ein. Er fährt bis zur Station am Waldrand, verlässt den Zug, hört einen Specht trommeln. Behutsam nähert er sich dem Stamm, sieht einen Buntspecht. Der mohnrote Genickfleck und die rote Unterschwanzdecke gefallen ihm. Er packt den Malblock aus, zeichnet den Vogel mit raschen Strichen, malt ihn aus. Ein Mann guckt ihm über die Schulter. „Darf ich das Blatt haben?"

- „Was hast du damit vor?" erkundigt sich Golo, bevor er das Blatt vom Malblock trennt.

Der Mann betrachtet es aufmerksam. „Ich habe eine Galerie und würde es gern ausstellen."

Golo gibt ihm das Blatt. „Willst du den Malblock, die

Farbstifte und den Rucksack auch ausstellen? Vielleicht bekommt jemand Lust und geht auch einen Vogel malen. So gewinnst du mehr Bilder für die Ausstellung."

- „Ich stelle nur Bilder aus", entgegnet der Mann. Er gibt Golo das Visitenkärtchen seiner Galerie und wendet sich zum Gehen. Golo guckt ihm nach, spaziert tiefer in den Wald hinein. Im Wind rauschen die Kronen der Bäume. Das Trommeln des Buntspechts verweht. Vögel singen.

Eine Frau kommt des Wegs. „Zu Hause habe ich alle Arten von Papier. Darf ich sie dir zeigen?"

Golo erwidert: „Ich habe einen Malblock, brauche kein Papier."

Sie hebt die Augenbrauen. „Ein Malblock fehlt mir. Kann ich ihn einmal sehen?"

Golo klaubt ihn aus dem Rucksack hervor. „Du darfst ihn haben, wenn er dir gefällt."

Mit den Fingern prüft sie das Papier. „Das sind wertvolle Blätter. Kannst du den Block wirklich entbehren?"

- „Würde ich ihn dir anbieten, wenn ich ihn behalten möchte?" fragt Golo zurück.

Glücklich schreitet sie mit dem Block davon. „Ich wusste es! Heute ist mein Glückstag."

Vergnügt folgt Golo dem Weg durch den Wald. An einem Baumstamm wächst Efeu. Bei einer Weggabelung trifft er einen Mann. „Es ist gar nicht so einfach, die richtigen Farbstifte zu finden", klagt er, „mal sind die Minen zu dick, mal zu dünn und brüchig."

Golo packt die Schachtel aus. „Mich nimmt es wunder, was du davon hältst." Er öffnet den Deckel.

Der Mann nimmt einen Stift in die Hand, macht einen Luftsprung. „Das sind Stifte, mit denen ich sofort malen würde, wenn ich sie besäße."

- „Ich schenke sie dir", sagt Golo und überreicht ihm die Schachtel.

„Zuerst sah es so aus, als würde ich nie geeignete Stifte finden. Und nun habe ich sie in der Hand." Er legt den Stift hinein, schließt den Deckel und eilt mit den Farbstiften davon. „Ich werde sie gleich ausprobieren."

Bedächtig schlägt Golo den Weg ein, der sich um hohe Buchen schlängelt. Riesenfarn wächst zwischen den Bäumen.

Eine Frau steuert zielstrebig unter dem grünen Dach hindurch. Sie trägt einen Stapel Bücher. „Ich gäbe viel darum, wenn ich eine Tasche oder einen Rucksack hätte."

Golo zieht den Rucksack ab. „Hat er die rechte Größe?"

Sie späht, kneift ein Auge zu. „Darin fänden alle Bücher Platz."

„Du kannst den Rucksack haben", bietet er ihr an.

„So kann ich sie bequem tragen", bemerkt sie, packt die Bücher ein. Behaglich schultert sie den Rucksack. „Wie kann ich dir danken?"

Golo hält eine Hand hoch. „Es ist gern geschehen." Frei, ohne Rucksack, kommt er fröhlich und gut voran, pfeift ein Lied, hört den Vögeln zu. Er gelangt vor eine Waldbühne. Ein Mann kauert auf den rohen Brettern, beugt sich über ein riesiges Puzzle, das er ausgelegt hat. „Es fehlt nur das letzte Teil", sagt er und deutet auf eine Leerstelle, „kann es sein, dass es durch die Ritzen gefallen wäre?"

Golo steigt zu ihm auf die Bühne. Das Teil, das der Mann vermisst, findet er tatsächlich in einer Ritze. Es ist jedoch eingeklemmt und zum Glück nicht auf den Waldboden gefallen. Sorgfältig klaubt er es hervor, reicht es dem Mann. „Suchst du dieses Teil?"

Hocherfreut nimmt es der Mann entgegen, fügt es in die Leerstelle. „Das Puzzle ist fertig!" Es stellt eine Brücke über einen Fluss dar, worüber sich ein Festumzug bewegt. „Ich bin unermüdlich daran gewesen. Ich weiß nicht, wie viele Stunden."

Golo springt von der Bühne. „Was machst du nun?"

Der Mann nimmt das Puzzle auseinander. „Jetzt versorge ich es in der Schachtel."

Mit ruhigen Schritten geht Golo weiter. Ein riesiges Badezimmer mit einer langen Reihe Spiegelschränke und Lavabos ist im Wald eingewachsen. Eine Frau zieht eine Löwenmaske an, stellt sich vor einen Spiegel. „Wie bin ich?" fragt sie Golo, „kannst du dir vorstellen, dass ich eine Löwin wäre?"

Golo betrachtet sie. „Spiele die Löwin", fordert er sie auf.

Sie schleicht um Golo herum. In diesem Moment kommt ein Mann mit einer Löwenmaske aus dem Wald. Er nähert sich der Frau. Sie kreist um ihn herum, rennt plötzlich los. Er verfolgt sie, läuft hinterher. Golo blickt ihnen nach, bis er sie aus den Augen verliert. Eine andere Frau schreitet zu den Spiegelschränken. „Hast du schon einmal nachgeschaut, was in den Schränken ist?"

- „Ich bin eben erst eingetroffen", berichtet er, „und sehe mir die Anlage an."

Die Frau öffnet einen Spiegelschrank. „Ein Schlüssel ist darin." Sie schaut sich um. „Was lässt sich damit öffnen?" Sie entdeckt, im Farn eingewachsen, einen Steinway Konzertflügel. Der Tastaturdeckel ist abgeschlossen. Sie steckt den Schlüssel ins Schloss, dreht ihn. „Der Flügel lässt sich öffnen." Sie befreit den Klavierstuhl von den Waldrebenranken, weist Golo einen Platz an. „Spiel etwas!"

Langsam setzt er sich, spielt ein paar Akkorde, bevor er zu einer Melodie verschiedene Improvisationen erklingen lässt. Sie schließt die Augen, wiegt sich zur Musik, verlangt, immer wenn er aufhört, eine kleine Zugabe. Er flicht eine zweite Melodie ein, beschleunigt das Tempo, horcht auf den Hall im Wald und die Vogelstimmen, die lauter werden.

Die Frau dankt ihm für das Spiel. Leise schließt er den Tastaturdeckel, steht auf. Sie sagt: „Dieses Spiel sollte nie zu Ende sein."

Sie gehen zusammen durch den Wald, bis sie das Flussufer erreichen. Dort sind zwei Boote vertäut. Ein Mann beim Bootssteg fragt: „Darf ich euch zur Insel hinüberführen?"

Die Frau tritt ans Ufer. „Das wäre sehr freundlich."

- „Wollt ihr im vorderen oder im hinteren Boot fahren?" erkundigt er sich.

Golo sagt: „Im hinteren."

Der Mann löst das Seil. „Weshalb willst du nicht das vordere?"

- „Ich denke, das hintere sei leichter zu lösen", antwortet Golo und steigt mit der Frau ein.

Der Mann ergreift das Ruder, stößt ab. „Das sieht nur so aus. Wenn du das vordere bestellt hättest, wären gleich viele Handreichungen erforderlich gewesen." Mit kräftigen Ruderstößen setzt er zur Insel über. Im Fluss glänzt das helle Spiegelbild einer Wolke. Spitz wie ein Berg ragt die

52

Insel in der Flussmitte auf, vom Wald überwuchert. Beim Bootssteg windet der Ruderer das Seil um einen Pfosten. „Bleibt ihr länger?"

- „Es könnte schon etwas dauern", sagt die Frau.

Der Ruderer kehrt ins Boot zurück. „Dann rudere ich ans Ufer. Ruft mich, wenn ihr soweit seid."

Die Frau und Golo wandern durch den Inselwald zu einem kleinen Haus, das sich am oberen Ende der Insel befindet. Dort empfängt sie ein Mann. „Wollt ihr Figuren schnitzen?" Er legt 2 Klötze Lindenholz auf eine Felsenplatte und gibt ihnen Schnitzmesser. „Die Figuren sollten euch selbst darstellen."

Die Frau beginnt zu schnitzen. Zunächst arbeitet sie am Kopf der Figur. „Was machen wir mit der Figur, wenn sie fertig ist?" möchte sie wissen.

Der Mann stellt seine Idee vor: „Ihr werft sie in den großen Strudel am Fuß des Felsens. Wenn sie zusammen auftauchen, bedeutet es, dass ihr zusammenbleibt. Kommen die Figuren einzeln aus dem Strudel, könnte es sein, dass ihr auseinandergeht."

Golo staunt, wie leicht sich das Holz mit dem Schnitzmesser bearbeiten lässt. Schon bald ist eine Figur entstanden, die ihm sehr ähnlichsieht. Auch die Figur der Frau nimmt Züge an, die erkennen lassen, wen sie darstellt. Der Mann steht aufmerksam daneben, gibt hin und wieder einen Tipp. Als die Figuren fertig sind, führt er die Frau und Golo zum Felsen. „Das ist der Moment, den ihr sicher gespannt erwartet habt. Wenn ich in die Hand klatsche, lasst ihr die Figuren in den Strudel fallen."

Die Frau und Golo stellen sich auf. Der Mann wirft ihnen

einen prüfenden Blick zu, hält die Hände auf Brusthöhe bereit. Er klatscht. Gleichzeitig werfen die Frau und Golo die Figuren in den Strudel. Sie werden unter Wasser gerissen, tauchen tief ein, entschwinden den Blicken. Für einen Moment sieht es aus, als würden sie nie wieder herauskommen. Doch dann tauchen sie gemeinsam auf, kreisen im Strudel. Mit einem Netz an einer langen Stange fischt sie der Mann heraus. „Es ist eindeutig", stellt er fest, „ihr bleibt zusammen."

## Lichtnelken und Lilien

In der Wiese, die Golo auf schmalem Pfad durchquert, blühen Mohn und Malve. Er schaut einer Grille beim Zirpen zu. Eine Frau kommt auf ihn zu. „Ich habe meinen Schlüssel verloren. Hilfst du mir suchen?"

Golo schlägt vor: „Wir gehen einfach alle Wege, die du gegangen bist, und sehen uns um." Sie gehen durchs Grasland, gelangen zu einem pinkfarbenen Haus. Die Tür ist verschlossen. „Ich war in der Stadt", erinnert sich die Frau.

Sie lenken ihre Schritte stadteinwärts. Unterwegs sieht Golo etwas blinken. Es ist der verlorene Schlüssel. Er hebt ihn auf. Die Frau atmet erleichtert auf. „Du hast gute Augen. Eigentlich hätte ich ihn selber finden können."

- „4 Augen sehen mehr als 2", erwidert er.

Sie gehen zum pinkfarbenen Haus. Die Frau schließt es auf. Sie tritt im Korridor vor den Wandspiegel, verwandelt sich in ein Eichhörnchen. Golo öffnet die Tür, lässt es auf den Baum springen. Ein Mann trifft ein, fragt: „Wo ist die Frau?"

Golo deutet auf den Baum. „Sie hat sich soeben in ein Eichhörnchen verwandelt."

Der Mann bekommt ein orangefarbenes Fell, verwandelt sich ebenfalls in ein Eichhörnchen, jagt den Stamm hinauf, setzt sich neben das andere Eichhörnchen. Golo geht weiter. Der Weg biegt in den Wald ein. Durch die Blätter

dringen Sonnenstrahlen. Golo horcht auf. Im Wipfel ra-
schelt es. Ein Eichhörnchen läuft den Stamm hinunter.
„Soll ich mich in einen Menschen verwandeln?"

Golo hält inne. „Was bist du ursprünglich gewesen? Ein
Mensch? Ein Eichhörnchen?"

- „Spielt es eine Rolle?" fragt das Eichhörnchen zurück,
verwandelt sich in eine Frau. „Wir könnten zusammen spazieren", schlägt sie vor.

Golo gesteht: „Ich muss mich erst an die Verwandlungen
gewöhnen."

- „Bist du noch nie ein Eichhörnchen gewesen?" wundert
sie sich.

„Ich habe keine Erinnerung daran", sagt er.

„Pass auf! Die Verwandlung ist ganz einfach", findet sie,
„du stellst dir lebhaft vor, einen Stamm hochzujagen. In
dem Moment, wo du die Bewegung lebendig spürst, ver-
wandelst du dich."

- „Und wie geschieht die Rückverwandlung?" möchte
Golo vorsichtshalber wissen, bevor er sich verwandelt.

Sie erklärt: „Du sprichst einen Menschen an und wirst ein
Mensch."

Golo stellt sich vor einen Baumstamm, guckt empor.
Plötzlich wird er klein. Ein dunkelbraunes Fell überzieht
ihn. Blitzschnell wachsen Haarbüschel an seinen Ohren.
Ein bauschiger Schwanz ragt über seinen Kopf hinaus. Er
spürt Krallen an den Füßen, rennt den Baumstamm hoch
in den Wipfel, springt von Ast zu Ast, als würde er fliegen.
Die Frau, die sich auch verwandelt hat, jagt hinter ihm her.
Immer kühner werden die Sprünge in die benachbarten
Wipfel. Mitten in einem Sprung sieht er unter sich auf dem

Waldboden einen Mann gehen. Er landet auf einem Ast, klettert den Stamm hinunter. „Nicht erschrecken", spricht er ihn an, „ich bin ein Mensch, der sich in ein Eichhörnchen verwandelt hat." Im selben Moment wächst er aus dem Fell heraus und steht als Mensch vor ihm.

Der Mann stellt sich vor einen Baumstamm. „Das mache ich auch gerne." Er verwandelt sich, läuft in den Wipfel zum anderen Eichhörnchen hinauf, tollt mit ihm durch die Äste. Golo schaut ihnen nach, streckt und dehnt sich.

Gesprenkelt von Sonnen- und Schattenflecken führt der Weg durch den Wald. Eine Frau begegnet Golo. „Was hältst du von der Geschichte?"

- „Von welcher Geschichte?" fragt Golo.

„Ich erzähle sie sogleich", beginnt die Frau, befeuchtet mit der Zunge die Lippen, „3 Männer drangen in ein Museum ein, entführten eine Statue, die aus dem Heiligtum einer ehemaligen Kolonie stammt. Sie stellt eine Art Engel dar, und ist vor mehr als 300 Jahren auf Umwegen ins Museum gelangt. Schon oft ist sie zurückverlangt worden, aber die Regierungen konnten sich nie einigen. Die Männer wurden verhaftet. Nun drangen in der ehemaligen Kolonie Bewaffnete in die Botschaft ein und entführten 3 Botschaftsangehörige. Es wird ein Gefangenenaustausch vorgeschlagen. Die UN verurteilt die Entführung und verlangt die sofortige Freilassung der Botschaftsangehörigen. Der Besitzanspruch des Museums bleibt unangefochten."

Golo findet: „Man sollte die Entführungen nicht billigen. Dass sich solche Vorkommnisse nicht wiederholen, sollte man die Statue der ehemaligen Kolonie zurückgeben."

Die Frau fährt fort: „Wir haben eine ähnliche Geschichte in einem kleineren Rahmen in unserem Land. Ein Mann erhebt Anspruch auf den Besitz eines Bildes in einem Museum. Er sagt, das Museum würde dem Bild nicht den Platz zuweisen, der ihm gebührt. Es ist offenbar strittig, ob es sich um eine Leihgabe oder um eine Schenkung handelt. Was sagst du dazu?"

- „Jedes Bild sollte den Platz bekommen, der ihm gebührt. Aber wer entscheidet darüber?" fragt Golo.

„Ich bin froh, dass ich die Geschichten mit dir besprechen konnte", äußert sich die Frau, „jetzt habe ich eine weitere Meinung eingeholt." Sie geht tiefer in den Wald hinein, während Golo zum Waldrand gelangt. Ein großer Hund läuft auf ihn zu, die Augen stets auf ihn gerichtet. Eisbärenweiß schimmert sein Fell. Er setzt sich vor Golo auf den Weg, mustert ihn mit seinen großen Augen. Aufgeregt kommt ein Mann gelaufen. „Das macht er sonst nie. Er geht an meiner Seite. Doch bei dir war alles ganz anders. Er sah dich, rannte los und sitzt jetzt vor dir, als würde er von dir etwas erwarten."

Golo wendet sich dem Hund zu. „Du bist ein wunderbarer Hund."

Der Hund schwänzelt, steht auf, geht um Golo herum, folgt seinem Besitzer. Ein Pfauenauge flattert von Blume zu Blume. Bedächtig nähert sich Golo. Zu Fuß kommt er kaum mit, verliert den Schmetterling aus den Augen. Er wandert hinunter an den See, wo ein Mädchen und seine Mutter Föhren- und Tannenzapfen sammeln. „Wenn man immer sammelt und weitermacht, kommt eine schöne Menge zusammen", erzählt es. Das Mädchen hat einen

Aquarellkasten und Papier dabei. Plötzlich nimmt es sie aus dem Rucksack, füllt einen Becher mit Wasser am See, malt einen Mann mit Hut, lässt die Farben ineinanderfließen. Als es fertig ist, reicht es ihm das Bild. „Das bist du. Ich habe dich gemalt."

- „Danke vielmals", sagt Golo, „darf ich das Bild behalten?" Das Mädchen guckt die Mutter fragend an. Sie wirft einen Blick aufs Bild. „Das musst du selber entscheiden."

Das Mädchen beschließt: „Ich möchte es dir schenken."

Golo bedankt sich nochmals, macht sich auf den Weg, der dem Ufer entlang zu einem Haus führt, wo ein Mann mit der Spitzhacke alle Leitungen freilegt. Er macht eine kurze Pause. „Es sind Strom- und Wasserleitungen. Ich möchte mein Haus von allen Leitungen freilegen." 2 Angestellte von der Wasserversorgung kommen zu Hilfe, drehen den Haupthahn zu und schrauben die Zuleitung ab. Ein Angestellter der Stromversorgung meldet: „Der Strom ist abgestellt." Er setzt die Zuleitung zurück.

Der Mann sieht Golos Zeichnung, erkundigt sich: „Du hast ein schönes Bild. Möchtest du es behalten oder darf ich es in meinem Haus aufhängen?" Golo gibt es ihm. Der Mann bittet ihn in den Wohnraum, wo schon viele Zeichnungen und Bilder hängen. „Das ist meine kleine Galerie." Er zeigt Golo ein großes Steuerrad. „Damit steure ich das Haus. Möchtest du mitfliegen?"

- „Wohin fliegst du?" fragt Golo.

Der Mann bedient einen Hebel. Ein Ruck geht durchs Haus. Der Keller kommt aus dem Boden, schwebt über dem Loch. Der Mann erklärt: „Wenn du nicht mitfliegen möchtest, kannst du das Haus durch den Keller verlassen."

Golo eilt die Kellertreppe hinunter, steigt aus. „Jetzt hast du noch immer meine Frage nicht beantwortet."

Der Mann öffnet das Fenster, lehnt heraus: „Es ist noch nicht entschieden. Erst mache ich einen Rundflug. Wenn ich irgendwo einen Ort sehe, der mir gefällt, schaue ich mich nach einer Grube um und lande."

Das Haus steigt langsam aber stetig auf und fliegt über den Waldberg davon. Golo beschattet die Augen, guckt ihm nach.

Eine Frau gesellt sich zu ihm. „Hast du nicht mitfliegen wollen?"

- „Ich möchte die Umgebung des Sees erkunden", erwidert er, „was gibt es da zu sehen, wenn man Schritt für Schritt vorangeht? Das weiß man nie zum voraus."

Sie sagt: „Für mich ist heute ein besonderer Tag. Mein Mann kommt von einer langen Geschäftsreise zurück. Unsere Tochter freut sich riesig."

Das Mädchen trifft ein. „Was ist das für ein Loch?"

- „Ein Haus ist aufgeflogen", antwortet die Frau.

Das Mädchen lässt den Blick von der Grube zum Himmel wandern. „Ich habe es nicht gesehen. Und ihr?"

- „Als ich eintraf, war es schon weg", berichtet sie.

Golo erzählt: „Ich bin im letzten Moment ausgestiegen."

Das Mädchen tänzelt um Golo herum. „Mein Vater kommt heute nach Hause. Du könntest ihn auch willkommen heißen."

- „Aber ich kenne ihn gar nicht", gibt Golo zu bedenken.

„Eben darum", besteht das Mädchen darauf, „so lernst du ihn kennen."

Es eilt voraus zum Bahnhof. „Wer ist zuerst dort?" fragt es

und rennt los. Die Frau und Golo laufen ihm nach.

Der Zug fährt ein. Ein Mann steigt aus, wird stürmisch vom Mädchen begrüßt. Er nimmt es in seine Arme, hebt es hoch, dreht sich mit ihm im Kreis. Dann fallen sich die Frau und der Mann in die Arme, das Kind schmiegt sich ein. Sie umarmen sich zu dritt. Schließlich fragt er Golo: „Wer bist du?"

Das Mädchen redet schnell dazwischen: „Ich habe ihm gesagt, er soll dich auch begrüßen."

Der Mann drückt Golo die Hand. „Unsere Tochter lädt die halbe Welt für alles Mögliche ein. Kommst du mit uns essen?"

- „Ein andermal gern", erwidert Golo, „ihr habt euch sicher viel zu erzählen. Da will ich nicht stören."

Vom Bahnhof schlängelt sich ein Pfad zum Wald hinauf. Auf der Anhöhe begegnet Golo einer Frau. „Ich suche Motive für Textildrucke, für Stuhl- und Sofabezüge, Kissen, Vorhänge, Teppiche. Im Moment sind natürliche Muster sehr gefragt, Blätter, Blumen, Farn, das Licht in den Bäumen. Es kommt alles auf die Umsetzung an." Sie zeigt Golo ihren Block mit Skizzen, trennt ein Blatt für Golo heraus, legt es auf eine Felsenplatte. Sie nimmt Stifte aus dem Rucksack und fordert Golo auf: „Greife irgendetwas vom Waldrand oder der Wiese auf und zeichne es auf deine eigene Art, in deiner eigenen Handschrift."

Lichtnelken und Lilien schimmern in der Wiese. Golo malt sie mit raschen Strichen aufs Papier. Die Frau guckt ihm über die Schulter. „Das gefällt mir", sagt sie, „das setzen wir sofort um."

Sie geht mit Golo zu ihrem Haus am Waldrand. „Darf ich

deine Zeichnung verwenden?"

- „Was hast du vor?" fragt er.

Sie nimmt die Zeichnung auf, betrachtet sie auf dem Bildschirm, setzt eine Textildruckmaschine in Betrieb. Die Stoffbahn setzt sich in Bewegung. In großem Druck erscheinen die Lichtnelken und Lilien.

## Der Musikstab

Golo steigt durch die Serpentinen eines Höhenwegs bergan. Über dem Wald weidet eine große Schafherde. Der Hirt zeigt Golo seinen Schäferhund. „Er geht wachsam um die Herde herum. Dann kommt er wieder zu mir, bleibt bei mir, behält jedoch unausgesetzt die Herde im Auge. Wenn sich ein Schaf absondert, nähert er sich ihm schräg von der Seite und drängt es so in die Herde zurück. Er bellt selten."

In der Nähe rutschen Leute eine Geröllhalde hinunter. Steine rollen in die Weide, doch der Hund bleibt ungerührt. Der Hirt geht zu den Leuten. „Wollt ihr nicht woanders bergsteigen?"

Eine Frau erklärt: „Wir wollen gar nicht bergsteigen. Uns macht die Geröllhalde Spaß. Plötzlich rutscht man mit einem Haufen Steine hinab. Dann erscheint das Geröll wieder unbeweglich. Es gibt unterschiedlich lange Rutsche."

Der Hirt wendet sich an Golo: „Magst du mit den Leuten reden?"

Golo sagt: „Versuchen könnte ich es." Er wartet, bis die Gruppe ganz nach unten gerutscht ist. Dann spricht er sie an: „Für euch ist es ein Spiel, aber für den Hirt bedeutet es viel Arbeit, die Steine aus der Weide zu räumen."

Der vorderste Mann der Gruppe sagt: „Daran haben wir nicht gedacht. Wir räumen die Steine weg."

Die Leute machen sich an die Arbeit, tragen die Steine aus der Weide in die Geröllhalde zurück. Sogar ein Mäuerchen schichten sie auf, um die Weide zu schützen. Der Hirt dankt Golo. „Wie hast du es zustande gebracht?"

- „Ich habe ihnen eine andere Sichtweise vermittelt", erläutert Golo.

Er wandert vom Berg in die Stadt hinunter zu einem Platz mit vielen Parkfeldern. Dort stellen eine Frau und ein Mann Klappstühle auf. Am Rand steht ein Marktstand. Gäste treffen ein, nehmen auf den Klappstühlen Platz. Die Frau begrüßt die Gäste. „Golo wird Geschichten aus seinem neuesten Buch vorlesen."

Ganz vorn, den Gästen gegenüber, ist ein krapproter Klappstuhl bereitgestellt. Golo nimmt Platz, betrachtet die Gesichter und trägt eine Geschichte vor. Mit Blicken vergewissert er sich, ob seine Stimme auch die Gäste in der hintersten Reihe erreicht. Dann fährt er ruhig mit den anderen Geschichten fort. Die Gäste klatschen, wünschen eine Zugabe. Er liest noch eine Geschichte. Die Gäste gehen zum Marktstand, kaufen das Buch und bitten Golo, es zu signieren oder eine Widmung hineinzuschreiben. „War das deine erste Parkplatzlesung", fragt ein Gast, „würdest du wieder auf einem Parkplatz lesen?"

- „Es war das erste Mal", antwortet Golo, „Einladungen zu Lesungen sind immer freundlich. Ich nehme sie gerne an."

Auf seinem Spaziergang durch die Innenstadt trifft er ein Mädchen. Es zeigt ihm seine Schule. Das Schulhaus steht unter hohen Bäumen. Das Mädchen lobt die Schule: „Es werden alle Kinder aufgenommen. Sie müssen nur alt genug sein. Dann bekommen sie einen Platz in unserer

Schule."

Zwischen den mächtigen Stämmen befinden sich Garderobenhäuschen. Das Mädchen tritt ins vorderste, kommt im roten Kleid heraus. „Wir verkleiden uns gerne." Es geht ins benachbarte Häuschen, erscheint im blauen Kleid. „Welches Kleid würdest du mir empfehlen?"

- „Dir stehen beide gut", sagt Golo.

Er verlässt den Garten mit den Bäumen, schlägt den Weg zum See ein. Unterwegs begegnet er einer Frau. Sie möchte ihm besondere Jeans verkaufen. „Sie leuchten in der Nacht."

Golo hält inne. „Ich möchte in der Nacht lieber nicht leuchten. Es könnte die Tiere in der Nachtruhe aufscheuchen, wenn ich durch den Wald spaziere."

- „Die Jeans sind für die Stadt gedacht. Du wirst alle Blicke auf dich lenken", erklärt sie.

„Aber leuchten in der Stadt nicht schon genug Lichter", wendet Golo ein, „es ist ja an manchen Orten taghell. Würden da die Jeans überhaupt noch auffallen oder leuchten?"

Die Frau lächelt. „So allgemein lässt sich das nicht sagen. Du musst es ausprobieren."

Es gelingt ihr nicht, Golo zu überzeugen. Sie sieht sich nach anderen Passanten um. Als Golo am See anlangt, staunt er über das wunderbare Licht. Es ist, als würde der See von innen heraus aus der Tiefe leuchten. Der Sonnenschein dringt durchs durchsichtige Wasser, lässt den Seegrund schimmern. Darüber glitzert das Spiel der Wellen.

Ein Mann spricht Golo an: „Ich habe eine Wand bei meinem Haus, die du bemalen kannst."

- „Ich könnte einen Strich ziehen", sagt Golo, „oder was stellst du dir vor?"

Der Mann zeigt Golo den Weg zu seinem Haus. „Ein Strich ist schon einmal gut als Anfang. Nachher lässt du weitere Linien daraus wachsen."

Das Haus hat eine in Ocker und Weiß gehaltene Fassade. Davor stehen Farbeimer und Pinsel. Golo taucht den Pinsel in die kornblumenblaue Farbe, zieht einen langen Strich über die Wand.

„Genauso habe ich es mir vorgestellt", lobt der Mann und schaut gespannt zu, wie Golo einen anderen Pinsel in die sonnengelbe Farbe tunkt und eine gewellte Linie über den blauen Strich malt. Er wählt immer neue Farben und setzt das Spiel der Wellen über die ganze Fassade fort. Dem Mann gefällt es. „Du hast mein Haus lebendig gemacht. Schau bald wieder einmal vorbei."

Ein schmaler Pfad steigt quer durch einen Wiesenhang, bringt Golo zu einem mintgrün bemalten Haus. Mit wenigen Strichen ist das Gesicht einer Frau auf die Fassade gemalt. Sie guckt Golo an und sagt: „Sprich mit mir."

- „Du kannst sprechen?" wundert sich Golo.

„Stell mir Fragen oder sage irgendetwas, worauf ich etwas erwidern kann", bittet sie.

„Sind die Menschen überrascht, wenn sie dich sprechen hören?" erkundigt er sich.

„Nur das erste Mal", antwortet sie, „dann gewöhnen sie sich schnell daran, dass ich eben ein sprechendes Wandbild bin und es gernhabe, wenn man sich mit mir unterhält und nicht stumm an mir vorübergeht."

- „Was reden sie mit dir?" möchte er wissen.

„Über alles Mögliche und auch Unmögliche. Zum Beispiel fragte einer im Scherz, ob ich auch schon wach bin. Ich, ein Wandbild, das gar nicht schlafen kann!"

- „Aber du kannst sprechen", wendet Golo ein, „weshalb solltest du nicht schlafen können?"

- „Ich bin immer zum Sprechen bereit. Darum schlafe ich nie", betont sie, „so bin ich nun einmal gemalt."

- „Wir sehen uns", sagt er scherzhaft zum Abschied, doch da fliegt die Tür auf, und eine Frau mustert Golo von Kopf bis Fuß. „Hast du mit dem Wandbild gesprochen?" fragt sie.

Bevor er zum Antworten kommt, meldet sich das Wandbild schon zu Wort: „Wir haben uns gut unterhalten."

Die Frau lacht. „Worüber habt ihr gesprochen?"

- „Dies und das", meldet das Wandbild bereitwillig, „es war sehr angeregt."

Die Frau fasst Golo ins Auge: „Möchtest du mir auch etwas sagen?"

- „Wie bist du zu dem Wandbild gekommen?" nimmt ihn wunder.

„Ein Mann malte es mir. Zuerst wollte ich es nicht glauben, aber jetzt ist es da und redet rege mit allen, die in seine Nähe kommen", erzählt sie.

2 Männer nähern sich. Jeder trägt einen Sack.

„Was bringt ihr? Was ist im Sack?" fragt das Wandbild.

Sie stellen die Säcke ab. „Es gibt eine Regel", sagt der Größere, „wir dürfen erst darüber reden, wenn jemand verlangt: Öffnet den Sack!"

- „Solange bleibt es geheim", ergänzt der Kleinere.

Das Wandbild erklärt: „Da habe ich keine Mühe. Öffnet

den Sack!"

Der Größere zögert. „Du bist nur ein Bild."

- „Aber ein sprechendes", betont es.

„Kann man dich als Person durchgehen lassen?" gibt der Kleinere zu bedenken.

Die Frau bietet ihre Unterstützung an: „Wenn euch das Wandbild nicht genügt, kann ich euch ja persönlich bitten."

Der Größere macht den Sack auf. „Das ist nicht nötig. Auf Wunsch öffnen wir die Säcke. Wir sammeln leere Schneckenhäuser."

Er zeigt mit dem Kleineren seine ansehnliche Sammlung. Dann ziehen sie weiter. Golo verabschiedet sich von der Hausbesitzerin und dem Wandbild. „Es war für mich eine eindrückliche Erfahrung, das Wandbild sprechen zu hören."

Er wählt einen Weg, der vom Wiesenhang zum Wald führt. Am Waldrand begegnet er einer Frau, die ihm einen Stab zeigt, der etwas über einen Meter lang ist und silberfarben schimmert. „Dieser Stab zaubert Tanzbewegungen und Musik hervor. Du musst ihn nur bewegen." Sie bewegt den Stab, und Golos Füße hüpfen in fröhlichen Tanzschritten, ganz im Takt des Stabs. Als die Frau Golo den Stab übergibt, und er ihn wendet und dreht, vollführt sie die gleichen Bewegungen im Tanz.

„Das ist magisch", sagt Golo.

Die Frau schenkt ihm den Stab. „Fortan kannst du die Menschen zum Tanzen bringen oder ihnen Musik entlocken."

Bevor ihr Golo richtig danken kann, ist sie verschwunden. Er spaziert beschwingt mit dem Stab in den Wald hinein.

In einer farnüberwucherten Lichtung trifft er einen Mann, der auf einer Felsenplatte sitzt und die Gitarre stimmt. Golo tritt zu ihm, fragt: „Darf ich dein Spiel lenken?"

- „Wie meinst du das?" möchte der Gitarrist wissen.

Golo erklärt: „Ich werde den Stab bewegen. Er zaubert Musik hervor."

Der Gitarrist spielt ein paar Akkorde, wartet mit gespannter Aufmerksamkeit. Als Golo den Stab bewegt, fliegen die Finger des Gitarristen über das Griffbrett und die Saiten. Ein wunderbares Spiel erklingt, ganz im Einklang mit den Bewegungen des Stabs. Erst als ihn Golo mit beiden Händen in der Ruhestellung hält, beendet der Gitarrist die Musik mit einem Schlussakkord. „So virtuos habe ich noch nie gespielt", wundert er sich, „meine Finger und Hände bewegten sich wie von selber. Lass uns das Gleiche nochmals versuchen."

Wiederum vollführt Golo mit dem Stab Bewegungen, welche die Finger des Gitarristen sofort in Musik umsetzen. „Wie geht das?" fragt er während einer weiteren Pause, in welcher Golo den Stab ruhen lässt.

„Das ist die Wirkung des Stabes", sagt Golo, „ich bin eben erst daran, sie zu erkunden."

- „Wir könnten zusammen auftreten", schlägt der Gitarrist vor, „du spielst mit dem Stab und ich auf der Gitarre."

- „Bevor ich auftrete, möchte ich mehr über den Stab erfahren", erklärt Golo.

Eine Frau betritt die Lichtung. Sie trägt einen Geigenkoffer. „Macht ihr Musik? Darf ich mitspielen?"

Golo erklärt ihr das Spiel. „Der Stab lockt besondere Rhythmen und Töne hervor."

Darauf freut sie sich. „Das würde ich gern miterleben." Sie packt die Geige aus, stimmt sie kurz. Golo schwingt den Stab. Sofort beginnen die Geigerin und der Gitarrist zu spielen. Sie musizieren fröhlich beschwingt, wobei die Geige in rasantem Tempo bis in die höchsten Tonlagen klettert, dann wieder tief einsetzt wie ein Vogel, der plötzlich zum Boden fliegt und herumhüpft. Alle diese Bewegungen sind im Spiel der Gitarre eingebettet, die zuweilen auch den Solopart übernimmt. Golo muss den Stab nur leicht bewegen. Die Musik folgt den feinsten Bewegungen. Zum Takt der Musik fliegen Vögel in den Sträuchern ein und aus. Ihr Pfeifen klingt mit der Musik zusammen. In einer Pause überschlagen sich die Vogelstimmen fast. Die Geigerin ist überaus glücklich. „Kannst du den Stab nochmals bewegen?"

Golo kommt ihrem Wunsch nach. Danach hält er den Stab ganz ruhig. Die Musik verhallt im Wald.

## Fliegende Teppiche

Auf dem Weg in die Innenstadt kommt Golo an einem Studio vorbei. Ein Mann steht vor der Tür. „Ich bin ein wenig aufgeregt", sagt er, „die Nagelprobe steht bevor. Wir haben eine ganze Reihe von Stücken aufgenommen, die ein Pianist komponierte. Es sind auch Stücke für Klavier, Bass, Gitarre und Schlagzeug dabei." Er führt Golo in den Aufnahmeraum, wo ein Steinway Konzertflügel nebst anderen Instrumenten steht. Auf dem Flügel sind Noten verschiedener Partituren gestapelt. „Ich habe mir etwas geleistet", gesteht der Mann, „bei einer schnellen Passage habe ich einen elektronisch generierten Bass nachträglich eingefügt."

Der Pianist kommt aus dem Nachbarraum, möchte die Stücke hören. Der Mann guckt Golo an. Er steuert die Aufnahmen am Mischpult an, spielt sie ab. Musik klingt aus dem Lautsprecher. Der Pianist setzt sich auf einen Stuhl, schließt die Augen. Bei der schnellen Passage schreckt er aus dem Stuhl hoch, reißt die Augen auf. „Was ist das für ein schrecklicher Bass?"

Der Mann schluckt leer. „Im Original war der Bass nicht so deutlich, wie es wünschenswert wäre. Da habe ich ihn elektronisch generiert."

Der Pianist springt zu den Partituren, wühlt in den Blättern, wirbelt sie in die Luft. Raschelnd flattern sie durch den Raum, fallen zu Boden. Der Mann liest sie schnell auf, schlägt vor: „Wir werden den Bass neu aufnehmen."

Golo wünscht ihnen gutes Gelingen, wendet sich zum Gehen.

Der Pianist entschuldigt sich für sein Benehmen. „Ich habe dich schon nicht in die Flucht schlagen wollen."

Da ist jedoch Golo schon draußen. „Ich wollte sowieso nur kurz hineingucken." Er setzt seinen Weg in die Innenstadt fort. Eine Frau bietet ihm ein Zimmer mit Frühstück an. „Es ist sehr günstig. Und vom Fenster hast du eine einmalige Sicht in die Altstadt."

Er bedankt sich für das Angebot. „Wenn ich einmal ein Zimmer mit Frühstück suche, komme ich gern darauf zurück."

In der Altstadt trifft Golo einen Mann, der seine Haare zu einem Schwanz zusammengebunden hat. „Meine Haare sind wertvoll", sagt er, „ich möchte keines verlieren." Er betrachtet Golo schräg von der Seite. „Du trägst deine Haare offen. Möchtest du sie nicht zusammenbinden?"

- „Lieber nicht", erwidert Golo, „mir ist es wohl."

- „Hast du keine Sorgen, Haare zu verlieren?" erkundigt sich der Mann.

„Ein paar fallen immer aus", antwortet Golo, „ich hoffe, es werden nie zu viele aufs Mal sein."

Der Mann langt sich an den Kopf. „Ich könnte dir ein Haarband geben für den Fall, dass du es dir anders überlegst."

Golo wehrt ab. „Ich möchte sie lieber nicht binden."

Achselzuckend geht der Mann weiter. „Du musst es wissen."

In einer kopfsteingepflasterten Straße hört Golo das Echo seiner Schritte. Eine Frau kommt auf ihn zu. „Möchtest du in meinem Tagebuch vorkommen?"

- „Das würde mich freuen", sagt Golo.

„Wie stellst du dir deinen Auftritt vor?" fragt sie weiter, „möchtest du etwas Besonderes sagen oder tun, irgendetwas Bemerkenswertes, das man nie vergisst?"

Golo schlägt vor: „Wir könnten eine Weile miteinander durch die Altstadt gehen, bis dir etwas auffällt, dass du gern notieren möchtest." Er balanciert auf dem Rand des Gehsteigs, hüpft auf einem Bein.

Sie lacht. „Das alles kommt ins Tagebuch."

Im Park schwingt er sich über die Lehne einer Sitzbank, legt sich auf den Tischtennistisch, macht Yogaübungen. Sie schaut ihm genau zu. Die Heiterkeit in seinem Gesicht gefällt ihr. Und sie beginnt, die Übungen im Tagebuch zu beschreiben. Dann klappt sie das Buch zu. „Danke, dass ich dich beschreiben durfte." Sie eilt durch den Park davon.

Golo steigt vom Tisch. Ein Mann spricht ihn an: „Ich habe meinen Hund verloren. Kannst du mir suchen helfen?"

- „Wie sieht er denn aus?" fragt Golo.

„Er ist klein und weiß", antwortet der Mann.

Sie streifen durch den Park. Golo erkundigt sich bei einer Frau: „Hast du einen kleinen weißen Hund gesehen?"

Die Frau weist auf einen Weg unter den Lindenbäumen. „Er lief diesen Weg hinunter."

Der Mann und Golo schlagen den Weg ein, geraten auf eine Wiese. Ein Mann ist mit einem Pflanzenbuch unterwegs, sucht den Namen einer Blume. „Manchmal schlage ich nur eine Seite auf und finde genau die Blume, deren Name ich suche."

„Wir suchen einen Hund", berichtet Golo.

- „Ist es ein kleiner weißer?" vergewissert sich der Mann.

„Genau", bestätigt Golo, „hast du ihn gesehen?"

Der Mann zeigt mit der Hand zum Fluss hinunter. „Da sah ich ihn rennen."

Golo und der Hundehalter gehen zum Ufer, sehen sich um. „Mit etwas Glück finden wir ihn hier", sagt Golo.

Eine Frau auf einem Steg beschäftigt sich damit, das Seil des Bootes zu lösen.

„Wollt ihr mitfahren? Ich mache eine kleine Ruderpartie."

Der Mann spricht sie auf den Hund an: „Vielleicht streunt er hier am Ufer."

Sie zurrt das Seil noch einmal fest. „Ein kleiner weißer Hund lief hier vorbei, flussabwärts. Ihr könnt mit mir fahren, wenn ihr wollt."

- „Ein andermal gern", sagt Golo, „wir folgen dem Ufer und hoffen, ihn zu finden."

- „Wie ihr meint", erwidert die Frau, „vom Boot her hättet ihr eine gute Sicht."

Sie löst das Seil, stößt ab. „Wie auch immer, ich halte die Augen offen."

Der Mann und Golo laufen den Uferweg hinunter. Mit ruhigen Ruderschlägen gleitet die Frau im Boot flussabwärts. Sie steuert eine kleine Insel im Fluss an. „Vielleicht ist er hinübergeschwommen."

Der Mann meint: „Das kann ich mir kaum vorstellen."

Auf Höhe der Insel dreht die Frau das Boot bei. „Was sagte ich? Er ist auf der Insel."

Sie vertäut das Boot beim kleinen Steg, ruft und lockt ihn an. Es gelingt ihr, den Hund zu streicheln und ins Boot zu tragen. Sie will gerade das Seil lösen, als er den

Mann sieht, freudig bellt, ins Wasser springt und zu ihm hinüberschwimmt. Am Ufer schüttelt er sich, läuft zum Mann, der sich bückt und ihn in die Arme schließt. Die Frau rudert hinüber, lenkt das Boot zum Ufer. „Wie wäre es jetzt mit einer kleinen Bootspartie? Dabei könnt ihr euch am besten vom Stress der Suche erholen."

Der Mann dankt für die Einladung, steigt mit dem Hund ins Boot. Golo sagt: „Ich möchte noch ein wenig zu Fuß das Ufer erkunden. Vielleicht sehen wir uns weiter unten."
- „Wie du willst", sagt die Frau, „es hat keine Eile. Am Fluss trifft man sich immer."

Der Mann ruft Golo noch zu: „Danke, dass du mich bei der Suche unterstützt hast." Der Uferweg führt an einem Wohnhaus vorbei, wo eine Frau im Garten sitzt. Sie hat eine Katze auf dem Schoss, streichelt sie und redet auf sie ein. „Du solltest jetzt das Trockenfutter fressen. Ich kann dich nicht jeden Tag mit einer Büchse verwöhnen." Die Katze schnurrt, aber sie rührt sich nicht vom Fleck. Die Frau setzt die Katze neben dem Teller mit dem Trockenfutter ab. Am Boden streicht die Katze um die Beine der Frau, ohne sich ums Futter zu kümmern. Schließlich nimmt die Frau den Teller, trägt ihn ins Haus. Die Katze folgt ihr. Kurz darauf kommen sie wieder ins Freie, die Katze flaniert der Frau um die Füße. Langsam öffnet die Frau eine Büchse, leert den Inhalt in einen Teller. Als sie sieht, dass Golo zuschaut, bemerkt sie: „Meine Katze ist furchtbar verwöhnt. Gewöhnliches Futter lässt sie stehen. Ich muss ihr jeden Tag Büchsenfutter anbieten." Schnurrend macht sich die Katze über den Teller her.

Golo geht das Ufer entlang. Weit hängen die Baumkronen über das Wasser hinab. Ein Mann begegnet Golo. Er schlägt ihm vor: „Unterhalten wir uns in meiner eigenen Sprache." Melodische Silben klingen an Golos Ohr. Gegen das Satzende steigt die Melodie leicht an. „Ich verstehe kein Wort", gesteht er.

Der Mann öffnet die Arme, fährt fort, in der eigenen Sprache zu reden. Dann übersetzt er schnell, was er gesagt hat: „Es macht nichts, wenn du nichts verstehst.

Lass einfach meine Sprache auf dich wirken."

- „Gibt es irgendwo ein Land, wo diese Sprache gesprochen wird?" erkundigt sich Golo.

Der Mann lacht. „Das ist nicht so wichtig. Ich bin froh, dass du mir zugehört hast." Er entfernt sich mit schnellen Schritten. Golo guckt ihm nach.

Eine Wolke und der blaue Himmel spiegeln sich im Fluss. Eine Frau kommt Golo entgegen. Sie trägt eine Zeitung in der Hand. „Es steht ein interessanter Artikel darin. Du müsstest ihn einmal lesen." Sie gehen zu einer Bank, die am Ufer steht, setzen sich. Golo vertieft sich in die Zeitung. „Es geht um das Glück", stellt er fest, warum soll ich ihn zu Ende lesen?"

Sie sagt: „Am Ende des Artikels findet sich die Adresse des Autors. Er fordert uns auf, ihm Fragen zu stellen. Mich nimmt wunder, welche Frage sich dir stellt, wenn du dich damit auseinandergesetzt hast."

Golo liest den Artikel aufmerksam durch. „Mir begegnet hier die Frage: Ist die Freiheit ein Begriff der Glücksgesellschaft?"

Die Frau pflichtet ihm bei: „Diese Frage hat sich mir auch gestellt. Ich bin froh, dass ich mit dir geredet habe. Jetzt kann ich den Autor anschreiben und bin schon ganz auf seine Antwort gespannt."

Das Licht, das durch die Wipfel auf den Fluss fällt, zaubert blinkende Reflexe. Ein Mann schiebt einen Kartenständer auf Rollen. „Wollt ihr eine Postkarte?"

Die Frau rutscht von der Bank, dreht den Ständer, sucht eine Karte aus. „Wie wäre es mit einem Krokodil oder einem Zebra?" Sie zeigt Golo die Karten.

Golo findet: „Tierbilder kommen immer gut an."

Die Frau wendet sich noch einer anderen Seite des Ständers zu. „Kunstkarten können anregend sein." Sie wählt das Bild einer weißen Feder. „Darauf schreibe ich unsere Frage und schicke sie dem Autor."

Der Mann schiebt den Kartenständer weiter. „Da hast du eine gute Wahl getroffen."

Während die Frau die Karte schreibt, sieht sich Golo am Fluss um. Über die ufernahen Steine murmelt leise das Wasser.

Bei einer Wohnsiedlung steigt das Ufer an. Eine Frau fragt Golo: „Möchtest du meine Wohnung ansehen?" Golo folgt ihr in den Wohnbereich über einem Geschäftshaus. Im Wohnraum liegen 4 Teppiche. „Es sind fliegende Teppiche", sagt die Frau, „es ist dringend, dass sie ausgelüftet werden. Kannst du fliegen?"

Golo stellt sich auf einen Teppich. Unverzüglich hebt er vom Boden ab. Golo bückt sich, dass er den Kopf nicht an der Decke anschlägt. Die Frau öffnet die Balkontür. „Fliege mit ihm zur Wiese hinaus."

Golo senkt den Teppich, lässt ihn dicht über dem Boden schweben, lenkt ihn zum Balkon, fliegt über das Geländer zur Uferwiese.

Die Frau stellt sich auf den Balkon. „Was machst du mit den anderen Teppichen?"

- „Fliegst du nicht?" fragt Golo, lässt den Teppich wieder zum Balkon und in den Wohnraum zurückfliegen. „Ich dachte, du würdest auch mit einem Teppich fliegen."

- „Das ist dir überlassen", erklärt sie lachend.

Er landet, stapelt die 4 Teppiche aufeinander, setzt sich darauf und fliegt mit der Beige zum Balkon hinaus, überwindet das Geländer, lässt die Teppiche in einer weiten Schleife zur Uferwiese gleiten. In der Luft, hoch über dem Gras, driftet die Beige auseinander. 3 Teppiche fliegen frei umher, flattern, rütteln, fliegen Scheinattacken gegen Golo. Er legt sich auf den obersten Teppich, will auf der Wiese landen. Doch der Teppich gehorcht ihm nicht mehr. Im Steilflug schießt er hoch hinauf. Golo klammert sich fest. Plötzlich bricht der Höhenflug ab. Im freien Fall trudelt der Teppich zur Wiese hinunter. Die anderen Teppiche unterfangen ihn jedoch, und so landet Golo weich auf der ursprünglichen Beige der 4 Teppiche. Die Frau steht auf dem Balkon, klatscht. „Du hast die Teppiche wunderbar ausgelüftet. Jetzt kannst du sie wieder hochbringen."

Golo legt die Teppiche in eine Reihe aus, hüpft vom hintersten zum vordersten. Durch die Berührungen heben die Teppiche vom Boden ab. Als Golo mit dem vordersten startet, fliegen sie hinter ihm her, schweben über das Balkongeländer in den Wohnraum, landen in der Reihe.

### Die Augenbrauen

Unter flechtenüberzogenen Bäumen spaziert Golo tiefer in den Wald hinein. Am Wegesrand steht ein Brunnen. Eine Frau regelt den Zu- und Abfluss. „Die Leute kommen von weither, um das Wasser zu genießen." Sie dreht an einem Hahn, öffnet ihn, schließt einen anderen.

Ein Mann kommt mit einem Becher, füllt und trinkt ihn aus. „Ich spüre neue Kräfte. Jetzt mag ich wieder." Er läuft weiter.

Eine Frau trifft mit ihren Kindern ein. Während sie am Trog spielen, trinkt sie das Wasser vom Hahn. „Ich bin erfrischt." Sie winkt den Kindern, gibt ihnen aus Bechern zu trinken und macht sich mit ihnen auf den Weg. Auch Golo nimmt einen Schluck vom Hahn.

Die Frau, die den Zu- und Abfluss regelt, füllt Golo eine Flasche mit Wasser. „Nimm es mit. Wer weiß, vielleicht kannst du Menschen helfen."

Bei einem Wurzelstrang haspelt ein Mann eine lange Papierrolle ab. Sie zeigt Bewegungsstudien. „Wenn die Leute beim Bahnhof ein- oder aussteigen, kann es hilfreich sein, diese Studien zu kennen. Dann können sie sich schnell bewegen, ohne dass es zu einem Stau kommt. Er rollt die Papierbahn wieder auf. „Hast du dir das Wichtige merken können?"

Golo sagt: „Es sind sehr viele Abläufe. Ich kann mir nicht alle auf den ersten Blick merken."

Der Mann meint: „Das geht allen so. Wichtig ist, dass man nie aufgibt und immer wieder versucht, mit den Studien klar zu kommen."

Das Laub wispert im Wind. Golo trifft eine Frau. Sie schneidet dichte Brombeerranken. „Ich mache dir den Weg frei." Er dankt ihr.

„Nichts zu danken", erwidert sie, „es ist mir ein Vergnügen."

Mitten im Wald steht ein Mann. „Ich komme nicht vom Fleck. Ich bin wie angewurzelt."

Golo gibt ihm vom Wasser zu trinken. Sofort kann sich der Mann wieder frei bewegen. „Das ist ein wunderbares Wasser. Woher hast du es?"

Golo beschreibt ihm den Weg zum Brunnen. Beim Weitergehen überholt ihn eine Frau. Sie läuft um ihn herum. „Ich kann nicht mehr ruhig stehen, muss immerzu laufen. Was könnte ich machen, dass ich zur Ruhe komme?"

Golo reicht ihr die Flasche mit dem Brunnenwasser. „Trinke einen Schluck, das wird dir helfen."

Die Frau greift im Laufen danach, setzt sie an und trinkt. Ihre Schritte werden ruhiger. Sie bleibt stehen. „Das Wasser hat mir sofort geholfen. Von welchem Brunnen hast du es?" Sie gibt Golo Flasche zurück.

Er sagt ihr, wie er durch den Wald gegangen ist. Mit ruhigen Schritten schlägt sie den Weg zum Brunnen ein.

Golo folgt einem Schmetterling, der zum Waldrand flattert. Ein Mann sitzt auf einer Bank. „Mein Kugelschreiber schreibt nicht mehr."

Golo tritt näher. „Ich habe eine Ersatzmine dabei." Der Mann schraubt den Kugelschreiber auf. „Ein Stück Glück, dass du vorbeigekommen bist."

Golo reicht ihm die Mine. „Woran schreibst du?"

Der Mann sagt: „Im Moment beschreibe ich die Wolken, die sehr hoch am Himmel ziehen. Mich faszinieren ihre Formen, die Blautöne in den Schatten."

Golo wünscht ihm gutes Gelingen, geht weiter. Ein Schwalbenschwanz gaukelt über die Wiese. Eine Frau hängt Plakate auf. „Tragt Sorge zur Natur" steht darauf. „Wenn alle die Plakate lesen und beherzigen, leben wir wie in einem Paradies", erklärt sie Golo.

Er kommt zu einem Platz, wo eine riesige Skulptur aus Sand entsteht. Ein Mann geht um sie herum, schichtet feuchten Sand auf. „Ich zeige, was mit Sand und Wasser alles möglich ist", sagt er.

Hinter dem Platz erhebt sich ein hohes Gebäude. Golo tritt ein, gelangt in die labyrinthischen Gänge eines umfangreichen Zeitungsarchivs. Ein Mann führt ihn zu einer Nische. „Schau hier nach."

Golo findet unter seinem Namen Artikel. Jeder berichtet ein wenig anders über ihn.

In einem langen Gang kommt vor eine weiße Leinwand. Sie ist von Wand zu Wand gespannt, sperrt den Durchgang. Eine Frau bringt ein Messer. „Schlitze sie auf."

Er schneidet einen Schlitz in den Stoff, sieht Bücher, greift eines heraus. Es trägt den Titel „Der weiße Rabe". Als er es öffnet, fliegt ein weißer Rabe aus den Seiten heraus. Er setzt sich auf Golos Schultern. „Bringe mich hinaus." Golo lässt sich von der Frau den Ausgang zeigen.

In einer Eiche sitzt ein Krähenschwarm. Der Rabe fliegt zu ihnen. Sie flattern aufgeregt, begrüßen ihn mit lautem

Gekrächz, fliegen auf. Noch einmal kommt der weiße Rabe kurz zu Golo, bevor er sich den Krähen anschließt und wegfliegt.

Golo schaut ihnen nach, beschattet mit einer Hand die Augen. Ein Mann stellt sich neben ihn. „Ich mache spezielle Fotos. In meinen Bildern treten Frauen und Männer als Heilige auf." Er lädt ihn ein, sein Studio zu besuchen. Es befindet sich unmittelbar am Rand der Wiese in einem Haus mit blaugestrichenen Fensterläden.

Soeben tritt eine Frau aus der Garderobe hervor. Sie hat sich als Maria verkleidet. Der Fotograf lässt die Scheinwerfer aufflammen. „Stört es dich, wenn jemand zuschaut?" Die Frau setzt sich auf eine Felsenkulisse. „Im Gegenteil", erwidert sie, blickt Golo an. „Das wirkt auf mich anregend." Er macht mehrere Aufnahmen von ihr und empfiehlt: „Sei ganz locker, bewege dich frei. Du darfst auch aufstehen und umhergehen." Während sie sich dreht und wendet, nickt Golo dem Fotografen zu und verlässt das Studio.

Auf der Wiese stellt ein Mann seinen Handwagen ab, lädt ein Modellflugzeug aus. An den Rumpf steckt er Flügel. Sie sind mit Solarzellen versehen. Sirrend beginnen die Propeller zu drehen. Er nimmt die Fernsteuerung in die Hand, lässt das Flugzeug starten und abheben. „Früher", berichtet er, „waren die Modellflugzeuge laut und abgasintensiv. Heute gehen sie ruhig, fast schwebend in die Luft." Er lässt sein Flugzeug eine weite Schleife fliegen. Begeistert blickt er empor, bedient den Steuerungshebel. Das Modellflugzeug kreist in der Höhe, sinkt ab, steigt auf. Eine Frau tritt zu Golo. „Weißt du, wo ich schlafen könnte?" Er schlägt vor: „Wir könnten uns umsehen. Sicher gibt es für dich einen Platz zum Schlafen."

Der Mann mit dem Modellflugzeug weist auf ein Haus am Berghang. „Fragt nach. Ich bin fast sicher, dass du dort einen Platz bekommst."

Die Frau und Golo gehen zum Haus. Er klopft an. Sogleich öffnet ein Mann. „Kommt ihr zu Besuch?"

Die Frau entgegnet: „Ich suche ich einen Platz zum Schlafen."

Der Mann tritt beiseite. „Kommt herein! Ich zeige euch gern mein Gästezimmer. Du kannst es benützen.

- „Du bist sehr freundlich", sagt die Frau.

Sie betreten das Haus, schauen sich das Gästezimmer an. In Fensternähe steht das Bett an der Wand. Eine Kommode mit einem Spiegel steht auf einem hellen Teppich. Der Mann erkundigt sich: „Suchst du noch andere Möglichkeiten? Vielleicht in einem anderen Haus?"

Der Mann öffnet das Fenster, deutet aufs Nachbarhaus. „Du könntest meine Nachbarin fragen. Sie stellt dir gewiss auch gern ein Bett zur Verfügung."

Er begleitet sie zum Nachbarhaus. Die Nachbarin hat sie kommen hören. Sie steht unter der Tür. Der Mann berichtet: „Sie sucht ein Gästezimmer."

- „Hast du ihr deines angeboten?" erkundigt sich die Nachbarin.

Er sagt: „Selbstverständlich! Ich möchte ihr nur zeigen, dass es noch weitere Angebote gibt."

Die Nachbarin führt sie zu ihrem Gästezimmer. „Es ist im Obergeschoß." Sie steigen die Treppe hinauf. Mit einem Schwung macht die Nachbarin die Tür auf. „So sieht es aus." Ein großes Bett steht in der Mitte. Den Wänden entlang ziehen sich Büchergestelle. Außerdem ist es mit einem Schrank und einem Standspiegel möbliert.

Die Frau guckt sich um. „Ich könnte mir vorstellen, hier zu schlafen."

- „Möglicherweise gibt es noch Zimmer, wo du dich wie zu Hause fühlst", gibt die Nachbarin zu bedenken.

Die Frau weicht zurück. „Allzu weit möchte ich nicht suchen."

Sie steigen die Treppe hinunter.

„Was ist", erkundigt sich der Mann, „hast du das Zimmer gefunden, das dir passt?"

- „Beide Zimmer passen mir", erwidert die Frau.

Die Nachbarin meint: „Das Zimmer, worin du schläfst, will ausgesucht sein." Zu Golo bemerkt sie. „Die Suche könnte in der Stadt weitergehen."

Der Mann fügt bei: „Wandert in die Stadt und fragt euch durch."

Die Frau dankt ihm für den Tipp.

Das Landsträßchen windet sich durch eine Wiese. Grillen zirpen im Gras. 2 Türme mit spitzen Giebeln säumen das Stadttor, durch welches die Frau und Golo schreiten.

In der Gasse treffen sie eine Blumenhändlerin, die vor ihrem Geschäft einen Markstand aufgebaut hat. „Was darf es sein? Ein Blumenstock oder eher ein Strauß?"

- „Weder noch", entgegnet die Frau, „ich suche einen Platz zum Schlafen."

- „Ich zeige dir gern mein Gästezimmer", sagt die Blumenhändlerin. Sie blickt die Gasse hinauf und hinunter, ob sich eine Kundin nähert. Eine steile Treppe führt in den zweiten Stock hinauf, wo sich das Gästezimmer befindet.

Die Blumenhändlerin lässt die Frau vorangehen. In allen Nischen und Ecken blühen Blumen. Die Frau schaut sich im Gästezimmer um. Ein warmes Licht fällt aus der Gasse aufs Bett. Es steht mitten im Raum. Die Frau geht darum herum. Dann entschließt sie sich: „Hier werde ich schlafen."

Die Blumenhändlerin öffnet das Fenster. „Das freut mich. Du kannst das Zimmer sofort beziehen."

Sie steigen wieder in die Gasse hinunter. Golo verabschiedet sich: „Ich bin froh, dass du ein Zimmer gefunden hast." Er lenkt seine Schritte zu einem großen Platz, wo eine Bretterbühne aufgebaut wird. Ein Mann lädt Golo ein näherzutreten. „Wir führen ein Stück auf. Es heißt: Der Neugierige. Du steigst zu mir auf die Bühne und fragst mich: Was spielt ihr?"

Golo betritt die Bühne. Obwohl er das Ganze für einen Scherz hält, stellt er trotzdem die Frage: „Was spielt ihr?"

- „Wir spielen dich", sagt der Mann.

„Wie geht das?" möchte Golo wissen.

„Du bist du selber und redest mit mir", erläutert der Mann.

„Was soll ich mit dir reden?" erkundigt sich Golo.

Der Mann reicht ihm die Hand, zieht ihn auf die Mitte der Bühne. „Stell einfach deine Fragen. Davon lebt das Stück."

Golo deutet auf den buschigen Schnauz. „Ist er echt?"

Der Mann winkt ab. „Er ist angeklebt."

„Weshalb hast du ihn dir angeklebt?" fragt Golo.

„Ganz einfach", erwidert der Mann, „damit du mich fragen kannst."

„Und das ist schon alles? Was erfahren denn die Menschen, die uns zuschauen, über uns?" nimmt Golo wunder.

„Zunehmend immer mehr", antwortet er, „sie können sich bereits vorstellen, dass du gern Fragen stellst. Dank deiner Neugier wissen sie jetzt, dass mein Schnauz angeklebt ist. Und das ist erst der Anfang." Er deutet auf seine buschigen Augenbrauen.

„Die sind auch angeklebt", nimmt Golo an.

„Man könnte es meinen", räumt der Mann ein, „aber sie sind echt."

## Der türkisblaue Drache

Golo klettert auf einen Baum. In der Krone stehen die Äste ringsum ab. Wenn Golo den Fuß daraufsetzt, beginnen sie zu klingen. Jeder Ast hat seinen eigenen Ton. Das Anklingen setzt sich bis in die Zweige fort, die Golo mit der Hand berührt. Bald klingt die Musik wie von Geigen-, bald wie von Menschenstimmen. Immer virtuoser spielt Golo auf dem Musikbaum. Die Vögel stimmen ein. Die Musik hallt im Wald.

Eine Frau kommt durch den Wald, bleibt stehen. „Wie hast du den Musikbaum gefunden?"

Golo hält inne. „Ich kletterte einfach in den Wipfel. Da bemerkte ich, dass die Äste und Zweige klingen, sobald ich sie berühre."

- „Kannst du auch ein Lied spielen?" fragt sie.

Golo setzt seine Hände und Füße ein, um den Baum klingen zu lassen. Er findet eine einfache Melodie, wiederholt sie. Die Frau singt mit. „Dieses Lied habe ich noch nie gehört." Golo steigt herab. „Ich habe schon viel von Musikbäumen gelesen. Doch es ist das erste Mal, dass ich auf einem gespielt habe."

- „Meinetwegen musst du das Spiel nicht unterbrechen", sagt sie, „klettere doch noch einmal in den Wipfel!"

Golo kommt der Aufforderung gern nach, steigt zur Krone hinauf, lässt die Äste und Zweige erklingen.

Etwas lauter als beim ersten Mal lässt die Frau die Stimme

vernehmen. Golo erkundigt sich: „Möchtest du auch einmal im Wipfel sein?"

Sie erwidert: „Ich höre lieber zu."

Nachdem er das Lied nochmals gespielt hat, kommt Golo vom Baum herab. Die Frau deutet auf den Weg. „Er führt zum Waldrand. Gehen wir zusammen?"

Golo sagt: „Da bin ich gern dabei."

Grün schimmert in allen Schattierungen. Leise rauscht der Wind.

„Ich habe mir den Standort des Musikbaums genau eingeprägt", bemerkt sie, „damit ich jederzeit wieder hingehen kann. Die wunderbare Musik klingt immer noch in meinen Ohren."

- „Auch mir geht sie nicht aus dem Sinn", verrät Golo.

Am Waldrand blühen Wildrosen.

Ein Mann kreuzt ihren Weg. „Habt ihr Papier bei euch? Zum Beispiel ein Papiertaschentuch? Ich sammle Fetzen."

Die Frau weist auf ein Haus am Dorfrand. „Zu Hause habe ich jede Menge Papier, auch farbige Blätter. Suche dir aus, was du brauchen kannst! Was hast du vor?"

Der Mann zeigt ihr eine Tasche voller Papierfetzen. „Ich klebe sie auf eine Leinwand. So entsteht ein Fetzenbild."

Haselbüsche flankieren den Weg, der aufs Dorf zuläuft. Das Haus der Frau hat dunkle Dachziegel und einen geschwungenen Giebel. Die Frau öffnet die Tür. „Kommt herein."

Der Mann und Golo treten ein. Sie führt sie in ihr kleines Atelier. In Ablagefächern leuchten Papiere in allen Farben. Der Mann nimmt aus jedem Fach ein Blatt. „Das wird ein buntes Bild", freut er sich, legt die Blätter auf dem Tisch aus, reißt Fetzen.

„Können wir dir helfen?" fragt sie.

„Ich mache alles selber", betont er, wischt die Fetzen in seine Sammeltasche.

Golo geht ins Freie, tritt vor das Haus, sieht sich die Umgebung an. Das Dorf, an dessen Rand das Haus steht, befindet sich in einer Talsenke. Am Gegenhang steigt ein Weg zum Waldberg auf. Mit ruhigen Schritten erklimmt Golo die Höhe. Ein Löwe und ein Tiger sonnen sich am Waldrand.

„Denkst du, es könnte in unserer Nähe gefährlich werden?" fragt der Löwe.

Golo bleibt stehen. „Ihr seht friedlich aus."

- „Wir sind friedlich", erwidert der Tiger, „wenn man uns in Ruhe lässt."

Der Löwe fordert Golo auf: „Komm mit mir ins Waldesinnere. Dort zeige ich dir meine Familie."

Golo folgt dem Löwen. Er schreitet tiefer in den Wald hinein. Auf einer Lichtung spielen 2 Löwenkinder. Die Löwenmutter liegt daneben, wirft Golo einen durchdringenden Blick zu. Der Löwe beruhigt sie. „Ich will ihm nur unsere Familie zeigen."

Golo dankt dem Löwen und seiner Familie. „Es freut mich, dass ich euch kennenlernen durfte." Er kehrt zum Waldrand zurück, wo ihn der Tiger bereits erwartet. „Nun geht es darum, dass du auch meine Familie siehst." Er erhebt sich, schreitet in den Wald hinein, blickt stets zurück, ob Golo ihm folgt. „Wir sind in der Nähe einer Felsenhöhle."

Auf der Lichtung beim Felsen schlummert die Tigermutter. Sie wacht auf, streckt den Hals. Der Tiger ruft ihr zu:

„Bleib ruhig liegen. Er will nur unsere Familie sehen."
Die Tigermutter gähnt und buckelt. 3 kleine Tigerkinder
ahmen sie nach. Eines übertreibt das Buckeln, so dass es
hinfällt. Es kommt jedoch schnell wieder auf die Beine, weil
die beiden anderen Kinder über es herfallen. In der Folge
entwickelt sich eine wilde Katzbalgerei. Die Tigerkinder ja-
gen um die Mutter herum, fauchen, knurren, purzeln und
überschlagen sich. Stolz beobachtet der Tiger das wilde
Treiben. Nachdem Golo eine Weile zugeschaut hat, lobt
er die Familie. „Ihr habt sehr lebendige Junge."
Der Tiger fragt ihn: „Was hast du weiter vor?"
Golo sagt: „Ich möchte den Wald erkunden." Er sieht
sich um. Efeu umschlingt die Stämme. Die Äste und
Blätter durchflutet und durchdringt das Licht. Schatten
durchbändern den Weg, der in Kehren und Schleifen ab-
wärtsführt. Am Fluss, der durch den Wald strömt, zieht
Golo die Sandalen aus, kühlt die Füße. Schnell zieht er
die Kleider ab, wirft sie auf eine Felsenplatte, springt ins
Wasser und lässt sich treiben. Angenehm kühl fühlt sich
die Strömung an. Allerdings ist sie ziemlich kräftig, was er
spürt, als flussaufwärts zu schwimmen versucht. Er wendet
sich dem Ufer zu, zieht sich an einer Wurzel hoch. Er
geht das Ufer entlang, legt sich auf die Felsenplatte, lässt
sich von der Sonne trocknen. Dann zieht er die Kleider
an. Dabei fällt sein Notizbüchlein aus der Jackentasche.
Er kommt auf die Idee, der Hand beim Schreiben zuzu-
schauen, schreibt ein paar Notizen und betrachtet die
Finger, die sich an den Kugelschreiber schmiegen, sich
sacht bewegen. In dem Moment flattert ein Flugschatten
über seine Hand. Er stammt von einem Schmetterling, der

das Ufer entlang gaukelt. Golo steckt das Notizbuch und den Kugelschreiber ein, läuft dem Pfauenauge nach. Er kommt aus dem Schatten des Waldes heraus, gelangt zu einer hellen Wiese. Dort sitzt eine Frau unter dem Sonnenschirm. „Möchtest du auf meinem Surfbrett durch die Luft gleiten?"

Golo tritt näher, betrachtet das Surfbrett. „Durch die Luft? Wie geht das?"

Sie steigt aus dem Liegestuhl. „Stell dich darauf. Es wird dir gefallen."

Als Golo mit beiden Füßen darauf steht, hebt das Brett ab, schwebt über dem Boden. Eine kleine Bewegung genügt, und es kommt in Fahrt. Zuerst gleitet es dicht über dem Boden, dann steigt es mit ihm auf. Er fliegt in einer weiten Schleife über den Fluss, landet neben dem Sonnenschirm. „Du hast recht. Es ist ein außergewöhnliches Brett."

- „Möchtest du nicht weiterfliegen?" wundert sie sich.

„Ich bin auch gern zu Fuß unterwegs", erwidert er.

2 Kinder tragen ein Transparent. Darauf steht: „Wir wollen fliegen."

Die Frau fragt: „Möchtet ihr auf meinem Surfbrett fliegen?"

Das Mädchen senkt den Stab des Transparents. „Das wäre wunderbar."

- „Kann das Brett denn fliegen?" erkundigt sich der Junge, legt das Transparent ab.

„Ihr müsst nur darauf stehen", erklärt die Frau, „dann hebt es ab."

Die Kinder hüpfen aufs Brett. Es steigt mit ihnen in die Luft. Ruhig und sicher stehen sie darauf, während es rasch Höhe gewinnt und über dem Fluss dahingleitet.

Sie senken es, worauf es das Wasser berührt und spritzt. Vor Vergnügen quietschen und schreien sie. Mit einem eleganten Schwung kreisen sie um den Sonnenschirm, landen.

„Das wollen wir gerade nochmals versuchen", ruft das Mädchen. Schon ist es mit dem Jungen wieder unterwegs. Es gefällt ihnen, dicht über die Wasseroberfläche zu streifen, dann kurz aufzusetzen, aufs Wasser zu klatschen und aufzusteigen. Eine Weile schaut Golo den begeisterten Kindern zu. Dann wendet er sich zum Gehen. Der Weg führt durch den Wiesenhang zu einer Felswand, wo ein Mann eine alte Inschrift vom Moos befreit. „Sie war ganz verborgen, nicht mehr zu lesen. Jetzt treten die Buchstaben wieder hervor." Es steht: „Wage immer den ersten Schritt."

Golo hält inne. „Wie alt ist die Inschrift?"

Der Mann bedauert: „Das kann ich nicht sagen." Scherzend fügt er bei: „Sicher älter als das Moos."

Aus großer Höhe sieht der Wiesenhang wie eine Schale aus, die sich der Stadt zuneigt. Golo erreicht sie über ein Landsträßchen. In einem riesigen alten Amtshaus ist eine kaufmännische Schule eingerichtet. Eine Absolventin tritt ins Freie. „Die letzte Prüfung ist bestanden. Nun erwarten mich sicher alle Menschen." Sie geht mit Golo durch die mit Kopfsteinen gepflasterte Hauptstraße. Die Tür der Bank fliegt auf. Ein Mann ruft ihr zu: „Suchst du eine Stelle? Gerne sage ich dir, was wir alles zu bieten haben."

- „Habe ich es nicht gesagt", trumpft die Absolventin auf, „die Welt steht mir offen."

Sie kommen am Gebäude einer Versicherungsgesellschaft vorbei. Das Fenster wird aufgerissen. Heraus schaut eine Frau. „Geh nicht an uns vorbei! Wir bieten dir fortschrittliche Arbeitsbedingungen."

Golo staunt. „Es ist, als würden sie riechen, dass du deinen Abschluss hast."

Unweit von einem alten Stadttor und einer Brücke lockt ein Treuhandbüro die Absolventin an. Ein Mann kommt aus der Tür gerannt. „Diese Ähnlichkeit ist verblüffend! Du könntest meine Tochter sein. Ich biete dir Gewinnbeteiligung vom ersten Tag an. Was sagst du dazu?"

Mit heller Stimme antwortet sie: „Ich lasse alle Angebote erstmal auf mich wirken und entscheide mich später." Beschwingt geht sie in die Oberstadt.

Ein Junge hält Golo auf. Er hat Straßenkreiden. „Kannst du mir einen Drachen auf die Straße zeichnen?"

Golo wählt die türkisblaue Farbe, zeichnet einen großen Drachen. Er füllt die ganze Straßenbreite aus.

Der Junge ist begeistert. „Dieser Drache gefällt mir."

Ein Mann zieht eine Rischka, hält an. „Möchtest du die Rischka übernehmen?"

Der türkisblaue Drache steigt aus der Straße auf, erhebt sich in voller Größe. „Ich ziehe die Rischka gerne. Wer möchte fahren?"

Der Junge sagt zu Golo: „Steigst du mit mir ein? Allein würde ich mich nicht getrauen."

Der Drache stellt sich auf die Hinterbeine: „Ich werde die Rischka sicher und ruhig führen. Macht euch keine Sorgen."

Der Junge und Golo steigen in die Rischka, lassen sich durch die Straßen ziehen. Der Mann, der die Rischka brachte, läuft begeistert nebenher. „Es ist das erste Mal, dass ein Drache meine Rischka zieht."

Eine Frau steht auf der Straße, breitet die Arme aus. „Könnt ihr mir helfen? Ich habe meinen Hausschlüssel verloren und mich selber ausgeschlossen."

Golo steigt aus der Rischka. „Was können wir für dich tun?"

Die Frau führt sie vor ihr Haus. „Im zweiten Stock ist das Fenster offen. Wenn du die Fassade hochkletterst, könntest du einsteigen, den Ersatzschlüssel vom Brett nehmen und mir aufschließen."

Golo blickt das Haus an, steigt auf den Fenstersims im Erdgeschoß. Der Drache stützt ihn, sodass er sich am Fensterladen hochziehen kann. Vom Drachen gehalten, erreicht er den Fenstersims im ersten Stock. Der Drache gibt ihm einen sicheren Halt, hilft ihm über den Fensterladen zum Sims im zweiten Stock aufzusteigen. Durchs offene Fenster gelangt er in die Wohnung, steigt die Treppen hinunter, findet in der Nähe der Haustür das Schlüsselbrett, sucht den Ersatzschlüssel und öffnet die Tür von innen.

Die Frau strahlt vor Freude. „Ich lade auch alle zum Tee ein."

## Der Tragkorb

Am Waldrand, wo sich die Bäume zu lichten beginnen, trifft Golo eine Frau. Sie klopft mit der flachen Hand auf ihren kleinen Koffer. „Ich habe Kugeln zu verschenken, weiß aber nicht, wer sie brauchen kann."

Golo sichert ihr zu: „Ich befrage die Leute in der Umgebung. Sicher möchte jemand Kugeln bekommen."

- „Wenn du meinst", sagt sie, „ich warte gespannt."

Golo folgt dem Weg am Waldrand, begegnet einem Mann. Er tänzelt auf einem Bein. „Kugeln zu haben, das wäre mein Traum."

Golo teilt ihm mit: „Dann hast du Glück. Eine Frau möchte Kugeln verschenken."

- „Wo ist sie?" erkundigt sich der Mann.

Golo macht auf dem Absatz kehrt. „Ich kann dich zu ihr führen."

Er begleitet ihn zur Stelle, wo er die Frau traf. Sie steht immer noch da, blinzelt in die Sonne und ist ganz überrascht, als sie Golo wiedersieht.

Der Mann in seiner Begleitung spricht sie an: „Ich interessiere mich brennend für Kugeln."

Sie öffnet geschwind den Koffer. „Was sagst du dazu? Es sind Bocciakugeln aus Holz."

Er nimmt eine himbeerrote Bocciakugel in die Hand. „Von solchen Kugeln habe ich die ganze Zeit geträumt. Wollt ihr gegen mich antreten? Wir könnten eine Partie Boccia spielen."

Er klaubt die andere rote Kugel aus dem Koffer, überlässt ihnen die enzianblauen. Die Zielkugel und eine blaue schnappt sich die Frau. Dann reicht sie den Koffer Golo. „Bediene dich."

Er greift die verbliebene enzianblaue Kugel heraus. Die Frau wirft die Zielkugel und lässt die blaue Kugel ganz nah daran rollen. Mit einem geschickten Wurf gelingt es dem Mann, ihre Kugel wegzustoßen. Nun ist seine rote am nächsten bei der Zielkugel. Die Frau blickt Golo an: „Du bist an der Reihe."

Mit leichtem Schwung bringt er seine Kugel in die Nähe der Zielkugel. Der Mann bleibt bei seiner Strategie. Er versucht, Golos Kugel zu treffen, verfehlt sie jedoch knapp. Weit weg von der Zielkugel rollt sie aus.

Die Frau umarmt Golo. „Wir haben gewonnen."

- „Das Spiel geht an euch", räumt der Mann ein, „doch, wenn ich euch richtig verstanden habe, darf ich die Kugeln behalten."

- „Sie sind dein", bestätigt sie, „mitsamt dem Koffer." Der Mann packt alle Kugeln ein, bedankt sich, geht froh den Wiesenweg hinunter.

Sie reibt sich die Hände. „Das ging schneller als erwartet." Sie wählt den Weg, der in den Wald führt.

Golo folgt dem Waldrandweg. Graslilien blühen. Eine Frau kommt ihm entgegen. Sie trägt einen Gitarrenkoffer. „Kommst du an mein Konzert?"

- „Wann und wo findet es statt?" fragt er.

„Heute Nachmittag in der Stadt. Ich kann dir eine Kostprobe geben." Sie setzt sich auf einen Wurzelstrang, öffnet den Gitarrenkoffer. Kurz stimmt sie die Saiten, dann spielt sie ein Solostück. Die Töne widerhallen im Wald, vermengen sich mit dem Gesang der Vögel.

Gebannt hört Golo zu, klatscht, als der Schlussakkord verklingt. „Du spielst virtuos."

Sie versorgt die Gitarre.

Golo lenkt seine Schritte zu einer Einbuchtung des Waldes, wo sich eine kleine Felswand erhebt. In einer Spalte findet er einen Brief, zieht ihn heraus. Das Couvert ist nur zugeschoben, nicht zugeklebt. Ein Mann tritt in die Einbuchtung. „Du hast einen Glücksbrief gefunden. Wenn du ihn zustellst, machst du dich selber und den Empfänger glücklich."

Golo liest die Adresse. Der Mann sagt: „Das Haus liegt im Dorf, nicht weit von hier. Ich zeige es dir gerne."

Ein Wiesenweg führt zum Dorf. Weiße Lichtnelken und Flockenblumen blühen. Der Mann zeigt auf ein mit Gras und Sträuchern überwachsenes Haus im Dorf. Golo klopft an. Hüpfende Schritte lassen sich vernehmen, bevor eine Frau die Tür öffnet. „Was gibt es?"

Golo zeigt ihr den Brief. „Ich habe ihn in einer Felsspalte gefunden", berichtet er, „stelle mir vor, du kennst den Absender."

Sie klaubt den Brief aus dem Couvert, liest ihn. Ein Strahlen kommt in ihr Gesicht. „Das ist ein Glücksbrief. Ich darf ihn nicht behalten." Sie steckt den Brief in ein neues Couvert, schreibt eine Adresse darauf. „Mein Freund soll ihn erhalten. Ich kann es kaum erwarten, dass er den Brief bekommt und glücklich wird. Es wird das Beste sein, wenn ich mit dir komme und den Brief persönlich überreiche."

- „Wie du meinst", erwidert Golo. Ohne dass er den Brief gelesen hat oder weiß, was drinsteht, übermannt ihn ein plötzliches Glücksgefühl.

Der Mann sagt: „Ihr habt einen glücklichen Tag vor euch."

- „Möchtest du den Brief auch lesen?" fragt Golo.

„Das wäre vermessen", entgegnet der Mann, „mein Name stand nicht auf der Adresse." Er wendet sich zum Gehen. „Doch was nicht ist, kann noch werden", meint er und schreitet davon.

Die Frau zieht die Schuhe an, wandert mit Golo zum Nachbardorf, hält vor einer von Brombeerbüschen umrankten Villa. „Da lebt mein Freund. Wir wollen nachsehen, ob er zu Hause ist." Sie betätigt die Klingel.

Ein Mann macht die Tür auf, freut sich, umarmt die Freundin und grüßt Golo. Sie gibt ihm den Brief zu lesen. Sein Gesicht hellt sich auf. „Einen Glücksbrief bekommt man nicht alle Tage." Er faltet ihn zusammen, holt ein anderes Couvert. „Bei mir sollte er nicht bleiben. Ich möchte ihn schnell weitergeben. Aber wem?" Er schreibt eine Adresse. „Ich bringe ihn meiner Schwester. Begleitet ihr mich?"

Die Frau sagt: „Ich gehe nach Hause zurück." Sie wendet sich an Golo: „Gehst du mit? Du bist der glückliche Finder."

Golo überlegt nicht lange. „Ich bin gern dabei. Es ist wunderbar zu sehen, wie der Brief glücklich macht."

Der Mann bricht gleich auf. „Zur Stadt ist es nicht weit, wenn wir durch den Wald gehen."

Von seinem Haus sind es nur wenige Schritte zu den Bäumen des Waldrands. Wurzeln wachsen knorrig über den Weg. Eine Amsel singt. Der Mann schreitet froh voran.

„Meine Schwester wird sich gewiss freuen." Er zeigt Golo ein Haus in der Stadt. Die Fassade verziert ein eleganter Balkon. „Da ist sie zu Hause."

Beim ersten Klingelton springt die Balkontür auf. Eine Frau guckt herunter. „Willkommen! Tretet nur ein!"

Der Mann öffnet die Haustür. Seine Schwester kommt die Treppe heruntergetrippelt, fällt ihm um den Hals, begrüßt Golo mit einem warmen Händedruck. „Was führt euch zu mir?"

Ihr Bruder gibt ihr den Brief. Sie überfliegt die Zeilen, umarmt ihn stürmischer als das erste Mal. „Du hast mir einen Glücksbrief gebracht. Wie kann ich dir danken?"

- „Lese die letzten Zeilen. Richtig Glück bringt er nur, wenn du den Brief weiterreichst", mahnt er.

Sie schlägt die Augen auf. „Ich werde ihn unverzüglich meinem Freund bringen."

Sie streicht die Adresse auf dem Umschlag durch, schreibt die Anschrift des Freundes daneben. „Kommt mit! Ihr müsst dabei sein, wenn ich ihn mit dem Brief überrasche."

Sie schiebt 2 Finger in den Mund, pfeift. Eine Badewanne schwebt die Treppe hinunter. Die Frau macht die Haustür auf, lässt die Badewanne ins Freie gleiten. „Wir haben bequem darin Platz." Sie lässt den Bruder und Golo einsteigen, schließt die Tür und setzt sich hinten in die Wanne. Langsam hebt sie ab, steigt über die Dächer der Altstadt auf. Als sie einen Bogen über den Waldberg zieht, entdeckt Golo eine Zeichnung an einem Felsen, fragt: „Kannst du neben dem Felsen landen? Ich würde mir gern die Zeichnung ansehen."

Die Badewanne landet in der Lichtung unter dem Felsen.

Golo steigt aus.

Die Frau lässt die Badewanne wieder losfliegen, ruft Golo zu: „Soll ich dich später abholen kommen?"

- „Ich gehe zu Fuß weiter", ruft er zurück, tritt vor den Felsen, betrachtet die Zeichnung. Sie besteht aus einer Vielzahl ineinander verschlungener Schlaufen.

Eine Frau stößt dazu, schaut sich um. „Wir sehen hier interessante Spuren. Ich werde sie fotografieren. Und dann suche ich in allen Bildarchiven, ob ich etwas Vergleichbares finde." Sie schraubt eine Kamera aufs Stativ, beginnt mit den Aufnahmen.

Golo fragt: „Hast du eine Ahnung, wer die Zeichnung gemalt haben könnte?"

- „Das und vieles mehr möchte ich herausfinden", erwidert sie, stellt das Stativ in eine neue Position, „wichtig ist mir, die Bedeutung herauszufinden."

Er sieht ihr eine Weile beim Fotografieren zu. Dann wendet er sich zum Gehen. Durch viele Kehren und Schleifen führt der Waldweg in die Stadt hinunter. Ein Bäcker ist mit dem Fahrrad unterwegs. Über dem Vorderrad ist ein großer Korb montiert. Er ist am Verteilen der Brote. „Die Leute freuen sich, wenn sie frisches Brot auf den Tisch bekommen." Er klingelt mit der Fahrradglocke. Eine Frau kommt aus dem Haus, nimmt das Brot in Empfang, schnuppert daran. „Es riecht herrlich frisch."

Golo gelangt zu einem weiten Platz, wo Kinder Fangen spielen. Ein Mädchen und ein Junge geben sich die Hand, versuchen, ein drittes Kind zu fangen. Es gelingt ihnen. Zu dritt rennen sie los, können ein viertes Kind erfassen. Nun machen sich 2 Paare auf die Jagd. Golo schaut zu.

Neben dem Platz ist ein Kletterpark eingerichtet. Über eine schräge Rampe erreichen die Kinder ein Haus auf Stelzen. Von dort aus steigen sie in den Park mit vielen Kletterwänden. Ein Mann fragt Golo: „Überkommt dich nicht die Lust, selber in die Wände einzusteigen?"

Golo lächelt. „Das könnte mir schon noch passieren."

Eine Frau kommt auf ihn zu, bietet ihm ein Couvert an. „Das ist für dich."

Er dankt, öffnet es, findet ein Los darin.

- „Hat es eine Nummer?" fragt sie.

Golo schaut das Los an, findet die Nummer 29.

Sie gratuliert ihm. „Du hast gewonnen."

- „Was habe ich gewonnen?" erkundigt er sich.

Sie geht mit ihm zu einem Lagerhaus, schiebt das Tor zurück. „Das werden wir sehen." In Gestellen sind alle Preise nach Nummern geordnet.

„Nummer 29 ist ein Tragkorb mit 2 Sitzen", sagt sie, greift den Korb heraus und überreicht ihn.

„Was soll ich damit anfangen?" möchte er wissen.

„Nimm ihn einfach mit", rät sie.

Mit dem Korb spaziert Golo aus der Stadt hinaus, kommt an einem hellbauen Haus vorbei. In der Wiese schaut eine Frau ihren kleinen Zwillingen zu, die auf einem Tuch im Gras krabbeln. Als sie Golo mit dem Tragkorb sieht, richtet sie sich auf. Die Zwillinge gucken interessiert. „Den Korb könnte ich sehr gut brauchen."

Er stellt ihn in die Wiese. Die Frau setzt die Zwillinge hinein. Vergnügt strampeln sie mit den Beinen. „So kann ich sie ab und an hineinsetzen."

- „Du kannst den Korb gern behalten", sagt Golo.

### Das Hüttendorf

Ein mohnroter und ein grasgrüner Drache begleiten Golo auf dem Weg durch den Wald. Lichtfinger fallen durchs Blätterdach.

„Soll ich mich in eine Schildkröte verwandeln?" fragt der rote Drache.

„Das musst du selber entscheiden", erwidert Golo.

Sofort krabbelt eine rote Schildkröte neben ihm.

Der grüne Drache sieht vor: „Ich verwandle mich in einen Igel." Im selben Augenblick wuselt ein grüner Igel neben Golo.

Die Schildkröte bleibt stehen, bemerkt: „Es ist doch angenehmer, ein Drache zu sein." Sie wächst zum Drachen empor.

Der Igel hebt die Nase. „Länger möchte ich auch nicht Igel bleiben." Schon wird aus ihm wieder der grüne Drache.

„Ich könnte einen Felsbrocken hochstemmen", sagt der rote Drache, „ich habe so viel Kraft."

- „Lass den Brocken lieber an seinem Ort", empfiehlt Golo, „er liegt seit Jahrhunderten gut."

Dem grünen Drachen fällt ein: „Ich könnte einen Baum ausreißen."

- „Lass das lieber sein", rät Golo, „der Baum hat viele Jahre gebraucht, um so hoch zu wachsen. Er möchte noch weiterwachsen und seine Krone entfalten."

Ein Mann rollt ein Wasserfass auf dem Waldweg, wischt

sich den Schweiß von der Stirn. „Es ist ganz schön schwer, vor allem, wenn Wurzeln den Weg durchwachsen."

Der rote Drache drängt sich an. „Überlass es mir." Er trägt das Fass bis zum Waldhaus, legt es hin. Der Mann senkt den Kopf. „Wie kann ich dir danken?"

- „Es ist gerne geschehen", entgegnet der rote Drache.

„Bist du immer so hilfsbereit?" forscht der grüne Drache.

„Wenn es geht", antwortet der rote, „manchmal sehe ich keine Möglichkeit und halte mich im Verborgenen."

Unter diesem Gespräch gelangen sie an den Waldrand. Die Drachen können sich nun zu ihrer vollen Größe aufrichten und auf den Hinterbeinen gehen.

„Gleich werden wir losfliegen", meldet der rote Drache an.

„Möchtest du mit mir fliegen?" erkundigt sich der grüne.

Golo erklärt: „Ich gehe lieber zu Fuß."

Die Drachen schlagen die Flügel, laufen los und heben ab. Golo guckt ihnen nach. Sie ziehen einen weiten Bogen über den Waldberg, verschwinden als kleine Punkte im Blau des Himmels.

In der Nähe des Waldes befindet sich ein Kindergarten. Ein Kind verlässt das Gebäude. Es trägt einen Rucksack und 2 Tragetaschen mit Bastelarbeiten. „Heute war mein letzter Tag im Kindergarten", sagt es, „nun bin ich groß. Nach den Ferien werde ich die Schule besuchen."

Die Kindergartenlehrerin tritt vor das Haus. „Es ist immer ein bewegender Moment, wenn der Abschied kommt. Wir sind 2 Jahre zusammen, teilen viele Erlebnisse. Und dann kommt der Augenblick, wo es wichtig ist, dass man loslassen kann."

Auf dem Platz hinter dem Kindergarten ist eine Bühne

errichtet worden. 2 Männer sortieren Noten. „Es ist spannend, zu zweit einen Chor zu leiten", berichtet ein Leiter, „einer steht vorne und dirigiert. Der andere hält sich im Hintergrund, hört genau hin. Dann kann man sich austauschen und die Rollen wechseln. Der Chor gewöhnt sich daran." Frauen und Männer treten auf die Bühne. Ein Chorleiter stellt sich vor sie hin, stimmt an, gibt den Einsatz. Der Chor beginnt zu singen. Unten vor der Bühne hört der andere Chorleiter zu. Leise raunt er Golo zu: „Die fröhliche Ausstrahlung des Leiters überträgt sich auf den Chor. Er singt dann in der Folge viel lockerer."

Eine Frau tritt neben Golo. „Ich würde gern mit dir Ball spielen." Sie klaubt einen Gymnastikball aus ihrem Rucksack, spielt ihn Golo zu. Er versucht ihn zu fangen. Der Ball prallt jedoch von seinen Händen ab, hüpft und rollt die Straße hinunter. „Jetzt müssen wir schnell sein", ruft sie.

Golo rennt dem Ball nach. Ein Mann lüftet sein Haus, öffnet die Verandatür und die Haustür. Der Ball rollt durchs Haus hindurch. Golo entschuldigt sich. Der Mann gibt ihm einen Wink. „Nur nicht gezögert!" empfiehlt er.

Golo läuft zur Haustür hinein und zur Verandatür hinaus, dem Ball hinterher. Er rollt durch den Garten, prallt an einer Mauer ab, hüpft über einen Zaun. Golo schwingt sich darüber. Der Ball gerät in eine Weide, wo ihn die Schafe mit den Hinterläufen wegkicken. Immer, wenn der Ball zum Greifen nah scheint, streckt ein Schaf seinen Fuß aus, kickt ihn hoch in die Weide. Es gibt Schafe, die sich auch als Kopfballkünstler bewähren. Eine Bäuerin stemmt die Hände in die Hüfte. „Unsere Schafe können ungeheuer verspielt sein. Lass sie eine Weile gewähren, und dann überlassen sie dir den Ball von selber."

Golo sieht ihnen zu. Die Frau, die ihm den Ball zugeworfen hat, schließt zu ihm auf, ermuntert: „Spielen wir doch mit!" Ein Schaf kickt den Ball sehr hoch. Er landet neben Golo, springt empor. Ein Windstoß treibt ihn über seinen Kopf hinweg. Fast hätte ihn Golo erwischen können. Nach ein paar Hüpfern rollt der Ball den Hang hinunter. Golo rennt hinterher.

Der Bäcker fährt mit dem Velo bergab. Über dem Vorderrad glänzt der große Brotkorb. Der Ball rollt über einen kleinen Felskopf, springt in den Korb. Der Bäcker hält an, schaut sich um, fragt sich: „Wem gehört wohl der Ball?"

Die Frau erreicht den Felskopf, winkt. „Hast du den Ball gefangen?"

- „Er ist in meinen Brotkorb gefallen", berichtet er, holt aus, will ihn der Frau zuwerfen. Er trifft den Felskopf. Der Ball prallt ab, landet auf der Straße, hüpft über den Bäcker hinweg, kullert den Hang hinunter. Die Frau und Golo folgen ihm. In einer Wiese kommt er zum Stillstand. Die Frau hebt ihn auf. „So hat uns der Ball ganz viel Bewegung gebracht." Sie kehrt zur Bühne zurück und verabschiedet sich.

Golo wählt einen Weg, der in die Stadt hineinführt. Vor einem Atelier steht eine Grafikerin, fragt Golo: „Darf ich dir meine Arbeiten zeigen?" Er folgt ihr in einen Raum, der ringsum mit Bildern behangen ist. Die Grafikerin legt ihm verschiedene Titelblätter und Buchumschläge vor, die sie gestaltet hat. „Wichtig ist, dass man ins Bild hineingehen kann." In einem kleinen Saal ist ein Buch aufgestellt. Es ist mannshoch. Der Umschlag ist wie eine Tür gestaltet. Sie öffnet sie, lässt Golo eintreten. Er gerät in einen leeren

Raum, ganz weiß. Über ihm schwebt ein Stift, malt einen Stuhl neben Golo. Er setzt sich darauf. In diesem Moment kommt ein riesiger Radiergummi. Golo steht auf, und der Gummi putzt den Stuhl wieder weg. Mehrere Stifte malen einen Regenbogen. Er endet direkt vor Golos Füßen. Er spaziert darüber wie über eine Brücke. Am anderen Ende des Regenbogens gerät er in ein gemaltes Land. Dort trifft er die Grafikerin wieder. „Du bist jetzt im gemalten Land und kannst wünschen, was du gerne sehen möchtest."

Golo wünscht sich ein kleines Boot. Die Stifte zeichnen ein Boot, einen See mit blinkenden Wellen. Als Golo einen neuen Wunsch äußert, verliert sich die Zeichnung wieder. Der See und das Boot lösen sich auf, und Golo steht wieder auf dem weißen Grund. Diesmal wünscht er sich einen Berg. Die Stifte zeichnen einen Gipfel. Eine Wolke strandet, löst sich auf und Golo sieht spielzeugklein die Landschaft unter sich. Die Stifte malen ihm eine Aussicht bis zu den fernen Schneegipfeln der Alpen. Mit wenigen Strichen skizziert, entdeckt Golo in der Tiefe das Atelier und wünscht sich zurück. Sogleich steht er unter der Tür des großen Buchs, tritt heraus, schüttelt sich. „Das war wie ein aufregender Traum", sagt er.

Die Grafikerin verspricht: „Du kannst jederzeit wieder einsteigen und deine Bilder ansehen."

Golo geht nochmals in das Buch hinein. Diesmal wünscht er sich einen tiefen Wald mit riesigen Bäumen. Die Stifte zaubern es ihm hin. Er sieht ein Reh und gelangt auf einem kleinen Pfad immer weiter in die Welt aus verschlungenen Waldreben hinein. Dann kommt er auf eine Lichtung und wünscht sich zurück. Wieder unter der Tür des großen

Buchs wünscht er sich in eine Wiese voller Blumen und Schmetterlinge und taucht in diese farbige Welt ein. Große Schmetterlinge gaukeln in allen Farben über die im Wind sich wiegenden Blumen. Langsam streift Golo durch die hohen Gräser, bevor er sich das Buch mit der Tür vorstellt und wieder den kleinen Saal erreicht. „Du hast ein wunderbares Atelier."

Die Grafikerin geht in den Empfangsraum mit den vielen Bildern. „Wenn ich dir etwas gestalten darf, würde es mich freuen. Vielleicht brauchst du einmal eine besondere Karte oder einen Buchumschlag."

Golo folgt ihr. „Ich komme gern auf dein Angebot zurück." Er verlässt das Atelier, wandert durch die Gassen der Innenstadt, geht den Pfeilen nach, die jemand aufs Trottoir und auf die Pflastersteine gemalt hat.

Ein Mann kommt aus einem Haus gerannt. „Ich habe kaum Zeit, dich zu grüßen", bedauert er, „ich habe einen wichtigen Termin."

„Lass dich nicht aufhalten", ruft ihm Golo nach. „Ich könnte", sagt er sich, „zuschauen und studieren, wie die Menschen die Häuser verlassen." In dem Moment tritt eine Frau aus ihrem Haus. Sie räkelt sich, geht behaglich ein paar Schritte. „Auf wen wartest du?" fragt sie Golo.

Er gesteht: „Im Moment könnte ich bei jeder Tür warten. Mich nimmt nämlich wunder, wie die Menschen herauskommen und was sie vorhaben."

- „Ich gehe in den Park", erklärt sie freimütig, „und treffe meine Freunde. Wenn du Lust hast, kannst du mitkommen." Golo dankt für die Einladung. „Vielleicht sehen wir uns später im Park."

Eine Haustür geht auf. Tänzelnd hüpft ein Junge auf die Gasse zum Nachbarhaus. Er klingelt. Die Tür springt auf. Heraus kommt ein Mädchen. „Gehen wir zum Spielplatz?" Zusammen laufen sie die Gasse hinunter.

Golo spaziert zum Stadtrand. Ein Mann trägt einen Sack, fragt ihn: „Hast du spezielle Flaschen? Ich sammle sie."

- „Gut zu wissen", erwidert Golo, „wenn ich auf eine besondere Flasche stoße, kann ich mich an dich wenden."

Der Mann öffnet den Sack, zeigt ihm 2 Limonadeflaschen. „Sie sind ganz selten und haben Sammelwert."

Golo betrachtet sie, legt sie sorgfältig in den Sack zurück. „Solche Flaschen habe ich schon lange nicht mehr gesehen." Er lenkt seine Schritte ins Brachland vor der Stadt, schaut den Wolken zu, die hoch am Himmel ziehen.

Über ein Gestänge, das auf 4 Pfosten ruht, ist ein Zeltdach aufgespannt. Es deckt große Lautsprecherboxen. Unter dem Dach tanzt eine Frau zu den Rhythmen, singt ins Mikrofon einen schnellen, wilden Sprechgesang. Sie schenkt Golo aufmunternde Blicke. Er übernimmt ihre Bewegungen, tanzt mit. Sie setzt das Mikrofon ab, kommt unter dem Dach hervor. „Bist du schon einmal im Hüttendorf gewesen?" Sie geht mit ihm zur Neigung des Hanges, unter welchem sich Hütte an Hütte reiht. „Mütter und Väter haben das Dorf für ihre Kinder gebaut. Sie verbringen dort die Freizeit."

- „Weshalb zeigst du mir das Hüttendorf?" fragt Golo.

„Sie sind meine Nachbarn", erklärt sie, „du musst sie unbedingt kennenlernen."

Sie steigt mit Golo hinunter. Die Hütten sind aus alten Brettern, Kisten, Paletten und Holzbauelementen zusammengesetzt. Auch alte Schränke wurden zerlegt und eingesetzt. Um die Hütten spielen Kinder. Ein junger Vater erklärt Golo eine Regel, die sich im Hüttendorf eingebürgert hat: „Sie nennt sich die ‚12-Stunden-Regel.' Wenn ein Kind einen Wunsch oder eine Idee hat, prüfen wir, ob wir sie in 12 Stunden umsetzen können. Schaffen wir das vor Ablauf von 12 Stunden, bilden wir eine kleine Gruppe, die sich sofort an die Umsetzung macht. Dauert es länger als 12 Stunden, oder muss noch Material herbeigeschafft werden, gründen wir eine kleine Planungsgruppe, welche die Arbeit und das Anschaffen plant. So wächst das Hüttendorf beständig."

Stolz rollt ein Mädchen in einer Seifenkiste heran, die wie ein großer Marienkäfer aussieht, rot bemalt mit schwarzen Punkten. „Sie zu bauen, hat länger als 12 Stunden gedauert", erzählt es, „doch das Warten hat sich gelohnt. Sie hat vorn 2 Fühler." Ein Junge kommt mit dem Skateboard an. „Die Skaterbahn hat auch etwas länger gebraucht, aber jetzt übertrifft sie alles."

## Im Park der Tiere

Durch eine mit Kopfstein gepflasterte Gasse spaziert Golo, trifft einen Mann. Er weist auf ein aprikosenoranges Altstadthaus. „Willst du sehen und miterleben, was hier drinnen vorgeht, dann komm mit mir." Er öffnet die Tür. Ein schmaler Gang führt in einen kleinen Saal, an dessen Wänden sich Umkleidekabinen reihen. Er verschwindet in einer Kabine, kommt kurze Zeit später als Frau verkleidet hervor. Wimperntusche, Perücke und roter Lippenstift tragen dazu bei, dass ihn kaum jemand noch erkennen kann. Er scheint ein neues Gesicht, einen neuen Körper zu tragen, eilt im engen Minikleid hinaus. Golo folgt ihm.

In der nächsten Gasse stößt der Mann mit einer Frau zusammen. „Hast du dir wehgetan?" fragt sie.

Der Mann sagt: „Ich bin nur erschrocken."

„Das tut mir leid", bedauert die Frau.

„Mir muss es leidtun", erwidert er, „ich bin zu stürmisch in die Gasse eingebogen."

Die Frau schaut ihn und Golo an. „Kommt ihr mit? Beim Stadtpark ist ein Elefant."

- „Ich gehe in die Innenstadt", nimmt sich der Mann vor und läuft weiter.

Golo blickt ihm nach. Dann wandert sein Blick zur Frau: „Was macht der Elefant?"

Sie wendet sich zum Gehen. „Das möchte ich herausfinden. Darum habe ich mich auf den Weg gemacht."

Er begleitet sie. Hohe Bäume umgeben den Stadtpark. Auf der Wiese davor steht der Elefant. Er hebt den Rüssel, trompetet. Die Frau tritt näher, streckt einen Arm aus. Mit dem Rüssel berührt er ihre Hand. Sie hebt einen Arm. Da bewegt er ein Vorderbein in die Höhe. Die Frau ist begeistert. „Er geht auf mich ein." Sie reckt beide Arme über ihren Kopf. Für einen kurzen Moment stellt er sich auf die Hinterbeine, lüpft die Vorderbeine. „Zeig du ihm eine kleine Bewegung", ermuntert sie Golo.

Er dreht sich um die eigene Achse. Verwundert guckt der Elefant, tappt im Kreis herum.

„Er scheint Spaß daran zu haben, unsere Bewegungen zu übernehmen", vermutet die Frau.

Golo bildet mit beiden Armen einen Rüssel, lässt ihn hin und her pendeln. Der Elefant schwenkt seinen Rüssel. Dann stampft er mit einem Hinterbein. Golo ahmt ihn nach, stampft mit dem rechten Fuß. Der Elefant legt ihm kurz den Rüssel um den Hals, raubt ihm das Halstuch, schleudert es hoch in die Luft, fängt es mit dem Rüssel wieder auf.

Golo fordert: „Gib mir das Halstuch zurück!"

Der Elefant tut nichts dergleichen. Stattdessen legt er es sich selber über den Nacken und schreitet um Golo herum. „Das ist mein Halstuch", protestiert er, „gib es mir zurück."

Die Frau tritt vor den Elefanten hin, zieht ihr eigenes Halstuch ab, bietet es Golo an. „Gib ihm das Halstuch! So wie ich."

Schnell schnappt sich der Elefant mit dem Rüssel auch noch ihr Halstuch und fügt es Golos Tuch bei. Mit den beiden Tüchern will er sich trollen, doch da stellt sich ihm ein Mädchen in den Weg. „Du musst sie zurückgeben", verlangt es.

Der Elefant bleibt stehen, nimmt die Halstücher mit dem Rüssel und reicht sie dem Mädchen. Es packt die Tücher, händigt sie der Frau und Golo aus.

„Kennst du den Elefanten?" erkundigt sich die Frau.

Das Mädchen trägt ein Kleid aus Plüsch und Seide. „Kennen ist ein bisschen viel gesagt. Wenn ich im Stadtpark bin und spiele, sehe ich ihn und gehe mit ihm reden. Er hört immer genau zu."

Der Elefant stellt die Ohren. „Geh jetzt in dein Revier zurück!" verlangt es.

Langsam wendet er sich, schreitet davon. Die Frau geht hinterher. „Ich möchte schauen, wohin er geht."

Das Mädchen kehrt sich Golo zu. „Schreibst du die Geschichte vom Elefanten und den Halstüchern auf?"

- „Ich habe mein Notizbuch dabei", sagt er und greift in die Tasche.

„Das brauchst du nicht", findet es, „du kannst die Geschichte bei uns im Pavillon an die Wand schreiben."

Er folgt dem Mädchen zu einer Wohnbaracke, die von Sträuchern und Bäumen umwachsen ist. Das Holz der Fassade ist sonnenverbrannt. Bei der Eingangstreppe stellt das Mädchen dem Vater Golo vor: „Er hat eine Geschichte mit dem Elefanten erlebt. Darf er sie im Wohnraum an die Wand schreiben?"

Der Vater grüßt Golo und öffnet ihm die Tür. „Das ist eine gute Idee. Wir suchen eine Wand aus." Er führt Golo durch den Eingangsraum in den Wohnraum. Darin stehen

3 Stühle um einen runden Tisch. Ein altes Sofa lehnt an eine Wand. Die Wand gegenüber der Fensterreihe steht leer. Der Vater gibt Golo einen dicken Stift. „Schreibst du in Blockschrift?"

- „Das könnte ich", sagt Golo.

Der Vater zeichnet mit dem Finger ein Rechteck an die Wand. „Ungefähr so groß stelle ich mir die Geschichte vor."

Golo schreibt in großer Schrift mit schwungvollen Buchstaben. „Es ist das erste Mal, dass ich eine Geschichte an die Wand schreibe."

Das Mädchen liest mit. „Mir gefällt die Schrift."

- „Unser Wohnraum wird wie neu sein", meint der Vater.

Nachdem Golo die Geschichte geschrieben hat, gibt er den Stift zurück. „Es hat mir Freude gemacht."

Das Mädchen hüpft durch den Raum. „Jetzt kann ich die Geschichte immer lesen."

Der Vater begleitet Golo hinaus. „Du hast ein Stück Glück in unser Haus gebracht." Von der Baracke führt ein Weg über viele Kehren und Schleifen auf den Berg. Golo steigt hinauf. Unter ihm liegt die Stadt. Er blickt auf die gewundenen Gassen hinunter, hebt den Blick zu den Waldbergen, die in den augenblauen Himmel ragen.

Aus einem Garten am Wegesrand tönen fröhliche Kinderstimmen. Eine Frau spricht ihn an: „Bist du allein? Zu mir kommen viele Menschen mit ihren Kindern zu Besuch. Du bist aber auch ohne Kinder willkommen."

Golo geht mit ihr in den großen Garten. Um eine Spielwiese sind Sonnenschirme und Liegestühle aufgestellt. Dort sitzen die Mütter und Väter, während ihre Kinder im Gras herumtollen und spielen. Die Frau zeigt Golo einen Pfeil, der am Boden liegt. Er ist aus orangefarbenem Holz. „Nimmt es dich wunder, wohin du kommst, wenn du immer diesen Pfeilen nachgehst?" Sie legt den Pfeil wieder aus, und Golo schreitet in dieser Richtung weiter. Schon bald findet er im Gras einen weiteren Pfeil. Er weist aus dem Garten auf einen Kiesweg. Dort liegt der nächste Pfeil. Am Ende des Kieswegs sieht Golo einen Pfad, der dem Berghang entlang in den Wald führt. Durch Farn und Föhrenwurzeln schlängelt er sich. Weich wie ein Fell fühlt sich das Moos an, das die Wetterseite der Bäume bedeckt. Am Ausgang des Waldes senkt sich ein steiler Wiesenhang zu einer Stadt am Fluss hinunter, den zahllose Brücken überspannen. Graslilien blühen. Eine Landstraße durchmisst den Hang, führt nach einer weiten Schlaufe zur ersten Brücke hinunter. Die Sonne zaubert silberne Reflexe aufs Wasser. Golo tritt ans Ufer. Ein Mann gesellt sich zu ihm. „Falls du eine Badehose und ein Badetuch brauchst, ich habe beides in meiner Tasche."

Golo fragt: „Willst du nicht selber baden?"

- „Zuerst wollte ich. Doch jetzt habe ich keine Lust. Nimm du meine Sachen und lege sie hernach an der Sonne aus. Ich hole sie später ab."

Golo legt das Badetuch auf der Wiese aus. Dann zieht er die Badehosen an, springt ins Wasser. Es ist angenehm kühl. Er schwimmt unter den Brücken durch, legt sich auf den Rücken, sieht abwechslungsweise die Brücken und den Himmel über sich gleiten. Am unteren Ende der Stadt steigt er aus dem Fluss, klettert die Böschung hinauf und wandert das Ufer entlang zurück zum Badetuch. Er zieht die Kleider wieder an und legt die Badehosen aufs Tuch.

In der Nähe macht eine Frau Übungen mit den Knien. Sie beugt und streckt sie mit geschlossenen und ausgegrätschten Beinen. „Möchtest du die Übungen auch einmal ausprobieren?"

Golo sagt: „Das könnte ich versuchen." Er spürt, wie sich seine Knie lockern.

Sie schaut ihm aufmerksam zu. „Hast du die Übungen bereits gekannt? Du machst es sehr geschickt."

- „Ich turne sie zum ersten Mal", erwidert Golo.

Sie fragt ihn: „Bist du schon mit unser Vorstadtbahn gefahren?"

Golo kennt die Linie nicht.

Die Frau führt ihn zu einer kleinen Station. Ein schmaler Schienenstrang glänzt in der Sonne. Es dauert nicht lang, da fährt eine Zugskombination mit 3 Wagen vor. Der Lokomotivführer guckt aus dem Fenster. „Steigt ein! Ich fahre gleich wieder los."

Die Frau und Golo schauen sich an, lachen und betreten den vordersten Wagen. Sie sind die einzigen Fahrgäste.

Der Zug rollt zu einer Anhöhe, wo sich die Vorstadt befindet. Sie verlassen den Zug bei der nächsten Station.

„Darf ich dir mein Haus zeigen?" erkundigt sich die Frau.

Golo entgegnet: „Das würde ich gerne sehen."

Sie führt ihn zu einem bonbonfarbenen Haus, geht in die Küche, füllt Wasser in eine Pfanne, kocht es. In einen gläsernen Krug streut sie Kräuter, gießt sie mit dem kochenden Wasser an. Eine Glastür zur Veranda lässt sich im Wohnraum öffnen. Die Frau stellt 2 Gläser auf den Gartentisch, rückt die Stühle. „Die Kräuter sind aus meinem Garten: Salbei, Thymian, Brennnessel, Minze, Rosmarin und Lavendel."

Golo riecht am Krug. „Deine Mischung duftet stark."

Sie setzen sich. „Was machst du in der Brückenstadt?" möchte die Frau wissen.

„Ich bin Pfeilen gefolgt, die mich auf den Waldpfad lenkten. Durch den Wald kam ich hierher und sehe mich nun um", berichtet Golo.

„Suchst du etwas Bestimmtes, ein Haus, eine Wohnung? In der Vorstadt sind einige Wohnungen leer", teilt sie mit.

Er lächelt. „Dann würden wir ja Nachbarn sozusagen."

- „Vielleicht mehr als sozusagen", fügt sie bei und schenkt ihm einen bedeutungsvollen Blick. Im weiteren Gespräch erwähnt sie einen Park der Tiere. „Den könnten wir besuchen."

- „Für welche Tiere ist der Park angelegt?" fragt er.

„Du wirst staunen", verspricht sie.

Nachdem sie den Tee ausgetrunken haben, schlagen sie den Weg zum Wald ein, wo sich der Park der Tiere befindet. Der Wind bewegt die Äste. Die Zweige fächeln. Durch die Wipfel fällt das Licht auf eine Höhle, aus welcher ein Bärenjunges kommt. Es bleibt nicht lang allein. Weitere gesellen sich dazu, schnuppern, stellen sich auf die Hinterbeine, stoßen zur Mutter, die aus der Höhle dringt, sich umschaut.

„Gehen wir weiter", rät die Frau, „wir wollen sie nicht stören."

Bäume mit urwüchsigen Stämmen und mächtigen Wurzeln ragen auf. Im Unterholz ranken Brombeeren. Auf einer Lichtung tollen Luchskinder um eine wachsame

Mutter, welche die Frau und Golo nicht aus den Augen lässt.

„Die Tiere", sagt die Frau, „haben sich an die Besucher gewöhnt, aber sie bleiben wachsam."

Tiefer im Wald treffen sie auf ein Rudel Rehe, das, von einem knackenden Ast aufgescheucht, flieht. Ein Eichhörnchen klettert an einem Stamm hoch. In der Nähe halten sich junge Wölfe auf. Sie scharen sich um die Mutter, welche die Ohren stellt, zur Frau und zu Golo hinüberschaut. Er staunt: „Ich meine immer, sie würden alle fliehen."

Die Frau erinnert ihn: „Du bist der Besucher. Wenn du in der Vorstadt wohnst, kannst du jederzeit im Park spazieren und die Tiere beobachten gehen."

## Das Laufband

Golo besucht die Druckerei, die sein neuestes Buch druckt. Sie befindet sich in einem lang gestreckten Gebäude aus Beton und Stahl mit einem kupfergrünen Dach. Es überbordet, wirkt wie ein übergroßer Hut. Die riesige Maschine schneidet in rasendem Tempo Papier zu, wirft es dem Drucker in den Rachen, der es schnurstracks mit Zeichen bedruckt. Die Blätter werden verleimt, ins fertig gedruckte Cover gepresst. Auf einem Förderband verlässt das Buch die Maschine. Ein Mann nimmt es in die Hand. „Jetzt müssen wir nur den Leim trocknen lassen. Sobald es soweit ist, kannst du dein Buch lesen."

Er dreht und wendet es, prüft die Ränder, reicht es Golo. „Das ist der Moment, den du sicher ersehnt hast."

Golo dankt ihm, schnuppert am Buch, blättert darin. „Es gefällt mir. Genau so habe ich es mir vorgestellt."

- „Das ist dein Exemplar. Du darfst es behalten", sagt der Mann.

Auf der Straße begegnet Golo einer Frau. „Was ist das für ein Buch, das du bei dir trägst? Das habe ich noch nirgends gesehen."

- „Es kommt erst heraus", sagt Golo, „dann kannst du es im Buchhandel oder in der Bibliothek bestellen."

Die Frau findet: „Wir könnten für alle, die nicht so lange warten möchten, eine Lesung veranstalten."

Vor einer verwitterten Baracke, die am Rand der Straße

steht, bleibt sie stehen. „Das wäre doch ein Ort, wo die Lesung stattfinden könnte." Sie klopft an die Tür.

Ein Mann öffnet. „Was gibt es? Kann ich etwas für dich tun?"

- „Wir möchten eine Lesung veranstalten", antwortet sie.

Er lehnt gegen den Türrahmen. „Ich verstehe. Es braucht etwas Werbung." Er holt einen Pappkarton, legt ihn auf den Boden, schreibt mit Kreide „Lesung" darauf. „Wo und wann findet sie statt?"

- „Hier bei dir und wenn möglich gerade jetzt", schwebt ihr vor.

Er lehnt das Pappschild gegen das Fenster neben der Tür, tritt auf die Straße.

„Es ist nicht zu übersehen."

Ruckartig fährt er herum, eilt ins Haus. „Dann stelle ich Stühle auf."

Passanten lesen das Schild, bleiben stehen. „Eine Lesung", freut sich eine Frau, „habe ich gern. Ist es erlaubt?" Sie tritt ein.

„Nur herein!" ruft der Mann, der in aller Eile Stühle in 2 Reihen halbkreisartig um einen Sessel gestellt hat.

Die Reihen füllen sich mit Gästen, die, angelockt vom Plakat, gespannt Platz nehmen. Die Frau, welche die Idee zur Lesung hatte, winkt Golo, bittet ihn, sich in den Sessel zu setzen. Sie stellt sich neben ihn, begrüßt die Gäste. „Noch wissen wir nicht, was im Buch steht. Aber gleich werden wir es erfahren."

Golo schlägt das Buch auf, liest Geschichten vor. Die Gäste klatschen, verlangen eine Zugabe. Er liest noch eine Geschichte, nimmt dankbar den Beifall entgegen.

Dann stehen die Gäste auf, wechseln ein paar Worte mit ihm, prägen sich den Titel des Buches ein, verlassen die Baracke. Golo dankt dem Mann, dass er so spontan den Raum zur Verfügung gestellt hat.

„Ich bitte dich", sagt der Mann, „das war doch selbstverständlich."

Die Frau, welche die Lesung organisiert hat, fragt ihn: „Schenkst du mir das Buch? Sicher bekommst du noch mehr Belegexemplare."

Golo schreibt eine Widmung, schenkt es ihr. Dann geht er hinaus auf die Straße, die eine weite Kurve beschreibt. Er begegnet einer Frau. Sie fragt ihn: „Bist du gelegentlich oder sehr häufig am Schreiben? Ich suche jemanden, der ein Vorwort für mein Buch schreibt."

Golo sagt: „Da müsste ich dein Buch lesen. Wovon handelt es?"

- „Von einer Treppe", erzählt die Frau, „sie führt außerhalb des Hauses zum Estrich hinauf. Auf einmal ist eine Stufe herausgebrochen. Und nun beschreibe ich, was die Leute unternehmen, dass niemand stürzt."

- „Wäre es nicht das Einfachste, die Stufe zu ersetzen?" fragt Golo.

„Das machen sie ganz am Schluss des Buches", berichtet sie, „das wird die Kunst des Vorworts sein, die Leser auf diese merkwürdige Verzögerung vorzubereiten." Golo meint: „Das könnte ich versuchen." Sie gibt ihm ihre Visitenkarte. „Schau bei mir herein."

Er steckt die Karte ein, geht weiter.

Eichen drängen an den Straßenrand. Ein Mann kommt ihm entgegen. „Ich suche ein Haus."

- „Wie ist denn die Adresse?" erkundigt sich Golo.

„Wenn ich das wüsste, müsste ich nicht mehr suchen", seufzt der Mann, „es müsste ein leerstehendes Haus sein, das ich kaufen oder mieten könnte."

Golo weist auf ein Haus unter einer Eiche. „Wie wäre es damit?"

Der Mann richtet sich auf, gibt sich einen Ruck, geht anklopfen. Eine Frau öffnet die Tür. „Willst du das Haus kaufen oder mieten?"

Er tritt von einem Fuß auf den andern. „Darf ich es einmal ansehen?"

- „Komm nur herein", lädt sie ihn ein. Ihr Blick schweift zu Golo. „Wie steht es mit dir?"

- „Ich gab ihm nur den Tipp sich zu melden", sagt er.

Hinter den Eichen führt die Straße an einem alten Lagerhaus vorbei. Davor stehen 3 Helfer. Der erste zeigt Golo eine Maske mit einer großen Nase. „Wir helfen dir gern, dich in einen Clown zu verwandeln. Ich bin dir beim Anlegen der Maske behilflich."

Der zweite Helfer fährt über die lichtorangen Haare einer Perücke. „Ich sorge dafür, dass sie perfekt sitzt."

Der dritte Helfer hält ein Kostüm bereit: Ein überlanger karierter Kittel, viel zu lange Hosen und bunte Latschenschuhe. „Sag selber: Was fehlt noch für den perfekten Clown?"

- „Ist irgendwo ein Maskenball, Karneval oder Zirkus angesagt?" erkundigt sich Golo.

Der erste Helfer sagt: „Das wissen wir nicht."

Der zweite fügt bei: „Wir können dir nur helfen, dich zu verwandeln."

Der dritte ergänzt: „Was daraus wird, bestimmst du selber."

Golo vermutet: „Vielleicht habt ihr selber Lust, euch in Clowns zu verwandeln."

Der erste Helfer legt die Maske an. „Kennt ihr mich?"

Ohne Zögern setzt der zweite die Perücke auf. „Sie gibt gleich ein anderes Gefühl."

Der dritte stürzt sich ins Kostüm, watschelt voraus. „Ein Maskenball findet immer irgendwo statt."

- „Sonst veranstalten wir selber einen", meint der erste und heftet sich an seine Fersen.

Der zweite folgt ihnen. „Wie auch immer, ich bin dabei."

Golo lässt sie ziehen, verlässt die Straße, wendet sich einem Weg zu, der zum Waldrand führt. Auf einer aus rohen Brettern gezimmerten Bühne steht eine Sängerin. „Wir üben für eine Oper."

Ein Sänger kommt aus dem Bühnenhintergrund. „Wir singen in englischer Sprache."

- „Die Sprechtexte tragen wir hingegen deutsch vor", betont sie und wendet sich mit der Frage an Golo: „Denkst du, das könnte funktionieren?"

Golo überlegt kurz, bevor er antwortet: „Wichtig ist, dass ihr den Gesang und die Sprechtexte mit Überzeugung vorträgt. So kommen sie sicher gut an."

Der Sänger beginnt zu singen. Seine Stimme widerhallt im Wald. „Stellst du es dir so vor?" erkundigt er sich.

Golo bestätigt: „Du hast viel Ausdruck in der Stimme. Damit überzeugst du."

Der Sänger atmet durch. „Das beruhigt mich."

Die Sängerin schmettert eine Arie, horcht auf das Echo

und fragt alsdann: „Was sagst du dazu?"

- „Wie es scheint, ist diese Oper wie für deine Stimme geschrieben", anerkennt Golo. Er folgt dem Waldrand. Wildrosen blühen. Golo lauscht, hört Vogelstimmen. Vor einer containerartigen Baubaracke trifft er eine Frau und einen Mann. Sie sagt: „Wir führen ein Geschäft mit Baubaracken. Auf Wunsch stellen wir dir eine auf, wo immer du sie brauchst."

Der Mann öffnet die Tür. „Möchtest du einen Blick hineinwerfen?"

Golo schaut kurz herein, lässt sich die Garderobe, die Kochnische, das WC und den Materialraum zeigen.

„Wir könnten dir auch Schlafkojen einbauen", bietet die Frau an, „oder Räume nach deinen Bedürfnissen einrichten."

Golo dankt für den Einblick und die Angebote. „Wenn ich einmal eine Baracke brauche, weiß ich jetzt, an wen ich mich wenden könnte."

Der Weg schlängelt sich in der Nähe eines Dorfes den Hang hinunter. Dort begegnet Golo einem Mädchen, das eine Schachtel trägt. „Rate, was darin ist."

Golo nimmt die Schachtel in die Hand, dreht und wendet sie, horcht. „Da ist eine andere Schachtel drin", vermutet er.

Das Mädchen lächelt. „Du hast gute Ohren. Und was ist in der inneren Schachtel? Hörst du das auch oder musst du raten?"

- „Da muss ich raten oder bin auf einen guten Tipp von dir angewiesen."

- „Rate!" entscheidet das Mädchen.

„Es ist ein Plastikspielzeug", vermutet Golo.

„Du musst schon genauer werden", verlangt das Mädchen, „Plastikspielzeuge gibt es so viele wie Sand am Meer."

Golo schließt die Augen, schüttelt die Schachtel. „Das bleibt ein Rätsel. Ist es ein Pferd aus Plastik?"

Das Mädchen öffnet die große Schachtel, nimmt die innere heraus, reicht sie Golo:

„Nun darfst du schauen."

Golo macht die Schachtel auf, findet einen Maikäfer aus Plastik.

„Du darfst ihn behalten", sagt das Mädchen, nimmt die Schachteln und eilt ins Dorf hinunter.

Golo ruft ihr „Danke!" nach, wählt einen eingewachsenen Wiesenpfad, der sich in einem weiten Bogen der Landstraße zum Dorf annähert. Beim Eingang steht ein Ortsschild, daneben ein Geschäft, das Videoanlagen anbietet. Ein Mann winkt Golo durchs Schaufenster, kommt zu ihm heraus, bietet ihm eine Kamera an. „Sie kann auch animieren. Hast du etwas, das du gern lebendig sehen möchtest?"

Golo zeigt ihm den Maikäfer auf der flachen Hand. Der Mann nimmt ihn mit der Kamera auf, macht einen Kameraschwenk zur Ladentür, wählt auf dem Monitor einen Modus an. Dann kann er schon ein Filmchen zeigen, wie der Maikäfer durch die Ladentür ins Geschäft krabbelt. „Er eignet sich vorzüglich, um die Technik vorzuführen", stellt er fest, „brauchst du ihn noch?"

Golo reicht ihm den Maikäfer. „Wenn du ihn verwenden kannst, gebe ich ihn dir gerne."

Er schreitet weiter ins Dorf, kommt zu einer Art Marktstand.

Eine Frau fragt: „Möchtest du deinen Arm prüfen?"

- „Wie geht das?" erkundigt sich Golo.

„Du musst den Arm hochstrecken, so hoch es geht, dann auf diese Kissen fallen lassen", sagt sie und weist auf ein Kissen. Es ruht auf einem Gerät, das an eine Küchenwaage erinnert.

Golo reckt den Arm hoch, lässt ihn fallen. Das Gerät zeigt eine Zahl an. Die Frau hebt die Augenbrauen. „Der Arm ist in Ordnung."

Er dankt für den Bescheid, geht weiter. Im Dorf reihen sich Häuser aneinander. Auf einem Platz ist ein Laufband aufgestellt. Darauf rennt ein Mann, hält Schritt mit dem rasch laufenden Band. Er dreht die Tourenzahl hinunter. Das Band wird langsamer, hält an. Der Mann wischt sich den Schweiß von der Stirn. „Möchtest du mich ablösen? Es macht Spaß, auf dem Laufband zu trainieren."

Golo sagt: „Ich gehe lieber auf der Straße. Wenn ich Lust habe, kann ich da auch rennen."

Der Mann räumt ein: „Das stimmt. Aber wer misst, wie schnell du bist und wie ausdauernd du daran bist? Das alles bietet dir das Laufband." Er stellt es wieder an, rennt weiter.

Golo anerkennt: „Da bekommst du umfassend Bescheid."

## Die Maus im Blumenhaus

Der Wind bewegt die Äste. Golo geht am Waldrand, isst einen Apfel. Im Kerngehäuse findet er Kerne. „Ich könnte einen pflanzen", sagt er sich. Mit dem Zeigefinger bohrt er ein Loch in die lockere Erde, legt den Kern hinein, deckt ihn mit Erde zu.

Eine Frau kommt des Wegs. „Was machst du?"

- „Ich habe gerade einen Apfelbaum gepflanzt", erwidert er.

„Etwas Wasser könnte hilfreich sein, dass er keimt", findet sie. Sie geht zu ihrem Haus, füllt ein wenig Wasser in eine Gießkanne, fragt: „Wo hast du ihn gepflanzt?"

Golo weist auf die Stelle. Sie gießt Wasser darüber.

Ein Mann stößt dazu. „Ich bin zu einem Maskenball eingeladen, weiß gar nicht, in welchem Kostüm ich auftreten soll."

- „Verkleide dich als Apfel", rät die Frau.

Er hebt die Schultern. „Wie komme ich zu einem Apfelkostüm?"

Sie sagt: „Ich habe eines. Es könnte dir passen."

Sie wendet sich an Golo. „Bist du dabei? Vielleicht kommst du auf den Geschmack und dir gefällt ein Kostüm, das du am Maskenball tragen könntest."

Golo folgt den beiden zum Haus, wo sie eine Truhe öffnet. Das Apfelkostüm sieht wie ein zusammengelegter Lampion aus. Legt man es an, umschließt das kunstvolle Drahtgeflecht schirmartig den Körper, spannt sich zum runden Apfel auf.

„Damit werde ich sicher große Aufmerksamkeit erregen", freut sich der Mann und eilt als Apfel davon. Die Frau und Golo blicken ihm nach. „Wie möchtest du dich verkleiden?" fragt sie Golo mit einem Seitenblick auf die Truhe.

„Im Moment bin ich wohl, wie ich eben bin. Aber wenn ich Lust habe, mich zu verkleiden, weiß ich, wo ich mich melden kann", erwidert er.

„Vielleicht bin ich selber dann nicht gerade hier", meint sie, „das ist der Nachteil vom Aufschieben."

Beim Verlassen des Hauses stolpert sie über den Gartenschlauch. „Das kommt davon, wenn man ihn nicht versorgt", sagt sie heiter, „hilfst du mir ihn aufzuhaspeln?"

Golo schaut sich nach der Haspel um, findet sie neben einem Rosmarinstrauch, rollt den Schlauch auf. Die Frau stellt sich neben ihn, fragt: „Kennst du dieses Lied?" Sie beginnt zu singen.

Ein Mann schaut in den Garten. „Darf ich dich begleiten?" - „Das würde mich freuen", antwortet sie. Er packt die Gitarre aus dem Koffer, stimmt sie kurz. Die Frau singt weiter. Er spielt die Begleitung, lässt zwischen den Strophen in kurzes Solo erklingen. Eine Frau gesellt sich dazu, nimmt die Geige hervor, spielt eine wunderbare Oberstimme als Begleitmelodie. Golo hört eine Weile zu, dann entfernt er sich mit tänzelnden Schritten aus dem Garten. Er folgt dem Landsträßchen, kommt vor eine riesige Anzeigetafel. Bands und Solisten sind aufgeführt. Ein Mann stellt sich neben Golo. „Das Musikfest wird eine große Sache." Schienen kreuzen das Landsträßchen. Bei einer Haltestelle hält ein honiggelbes Tram an. Menschen steigen aus. Der Mann eilt zum Automaten. „Ich löse für dich ein Ticket." Golo schreitet ruhig voran. „Wir könnten auch das nächste Tram nehmen." Bis alle ausgestiegen sind, hat der Mann das Ticket schon dem Ausgabeschacht entnommen. Er gibt es Golo, steigt hinter ihm ein. Golo setzt sich ans Fenster. Neben ihm nimmt der Mann Platz. Eine Frau stellt sich vor Golo hin. Unverzüglich steht er auf, möchte ihr den Sitzplatz anbieten. „Möchtest du dich setzen?"

Sie setzt sich, bleibt jedoch nicht auf dem Sitz, sondern übertreibt sein Hochschnellen, imitiert seine Stimme: „Möchtest du dich setzen?"

Er muss lachen. „Bin ich das? Habe ich mich so komisch angestellt?"

Anstelle einer Antwort spielt sie nochmals sein Aufstehen und macht seine Stimme nach. Diesmal kann Golo kaum mehr an sich halten vor Lachen. Es wirkt ansteckend. Zuerst lacht der Mann mit, der ihm das Ticket besorgt hat, dann die Fahrgäste, die in der Nähe sitzen. Das Lachen steckt an. Auch die übrigen Fahrgäste schmunzeln. Und dann, als es immer neue Lachsalven gibt, werden sie angesteckt und lachen herzhaft. Fröhlich steigt Golo bei der nächsten Station aus. Die Fahrgäste winken ihm.

Ein Mann schlägt 2 Pfosten ein, spannt ein Plakat auf. „Wer mir die Stimme gibt, erhält eine Gratispizza", steht groß darauf. Er hat einen Marktwagen zum Pizzastand eingerichtet.

„Woher weißt du, dass ich dir die Stimme gebe, wenn ich eine Pizza nehme?" fragt Golo.

Der Mann antwortet: „Ich habe Vertrauen in meine Wähler. Und sie vertrauen mir."

Golo hält sich nicht lange bei seinem Stand auf, wählt einen Weg, der durch eine Blumenwiese zu einem Bahnhof führt. Nachdem er an einem Automaten ein Ticket gelöst hat, steigt er in einen Zug. Auf dem Sitz liegt eine Zeitung. Er schlägt sie auf, sagt sich: „Nun möchte ich einmal wie richtig Zug fahren und die Zeitung lesen." Er wundert sich, wie schnell die Welt vorbeizieht, wenn er liest. Daher legt er sie zusammen, schaut aufmerksam zum Fenster hinaus. Der Zug rollt in einen großen Bahnhof ein. Golo verlässt den Zug, durchquert die Bahnhofhalle, schreitet über einen Platz, folgt einer Straße, die Geschäfte mit Schaufenstern säumen.

Eine Frau macht ihn auf ein Bett aufmerksam, das im Schaufenster steht.

„Möchtest du mit mir probeliegen?" fragt sie.

„Hier im Schaufenster?" vergewissert er sich.

Sie treten in den Laden. Der Verkäufer erkundigt sich: „Kann ich helfen?"

Die Frau sagt: „Wir würden gern probeliegen. Am liebsten im Bett, das im Schaufenster steht."

Der Verkäufer schlägt die Decke zurück. „Bitte, macht es euch bequem."

Sie zieht die Schuhe aus, legt sich hin. Golo schlüpft aus den Schuhen, streckt sich neben ihr aus. Eine Weile liegen sie nebeneinander da. Golo legt den Kopf auf die gefalteten Hände, beobachtet Kinder, die sich im gegenüberliegenden Geschäft beraten.

„Was machst du?" fragt die Frau.

„Ich schaue den Kindern zu", berichtet Golo, „sie greifen

nicht einfach zu beim Einkaufen. Sie tauschen sich aus."

Der Frau fällt ein: „Ich könnte auch etwas kaufen." Sie steht auf, wählt ein Kissen aus. „Wie findest du es?"

Golo kommt mit einem Schwung auf die Beine. „Wenn es das Kissen ist, das du schon lange gesucht hast, wäre es jetzt die Gelegenheit."

- „Von diesem Kissen träume ich Nacht für Nacht", schwärmt sie.

„Dann würde ich es kaufen", rät Golo.

Der Verkäufer schlägt es in Zeitungspapier ein. „Eine gute Wahl. Du wirst mit diesem Kissen gewiss die allerschönsten Träume haben."

Nachdem sie gezahlt hat, wendet sie sich zum Gehen. „Weshalb hast du es in Zeitungspapier gepackt?"

- „So hast du vor dem Einschlafen etwas zu lesen", sagt er.

Die Frau und Golo verlassen das Geschäft. Auf dem Gehsteig sagt sie: „Willst du einen Tee trinken? Meine Wohnung ist ganz in der Nähe."

Golo erwidert: „Vorher möchte ich mich noch etwas in der Stadt umgucken."

Sie nennt ihm die Adresse, beschreibt den Weg zu ihrer Wohnung. Golo geht die Einkaufsstraße hinunter, gelangt vor ein Hotel. Die Frau im Empfangsraum winkt ihm durch die Glastür. Golo geht hinein. „Noch sind alle Zimmer frei", sagt sie, „du kannst dich umsehen." Golo streift durch die Gänge. Alle Türen stehen offen. Er schaut in die Zimmer und Suiten. Nach dem Rundgang kehrt er zum Empfangsraum zurück. „Danke, dass ich überall hineinschauen durfte."

- „Welches Zimmer hat dir am besten gefallen?" erkundigt

sie sich.

„Es haben alle ihren Reiz", sagt Golo, wenn ich einmal in der Stadt übernachte, komme ich gern in dein Hotel."

Ihn nimmt wunder, wohin die Straße weiterführt. Er folgt ihr, bis er zu einem Spielplatz kommt. 2 Kinder rollen einen Teppich aus. Er ist in mehrere Felder unterteilt. Das Mädchen hüpft auf ein Feld, auf welchem eine Nase abgebildet ist. Sofort eilt der Junge zu einem Tisch und bringt ihm ein Pfefferminzblatt. Das Mädchen riecht daran, ruft: „Ich rieche Pfefferminze." Nun ist er am Hüpfen, landet auf dem Feld mit einem Mund. Das Mädchen reicht ihm eine Himbeere vom Tisch. Vergnügt isst er sie. „Ich schmecke eine Himbeere." Jetzt ist das Mädchen wieder an der Reihe. Es springt aufs Feld mit dem Ohr. Der Junge holt eine Mundorgel, spielt eine kurze Melodie, worauf das Mädchen schnell sagt: „Ich höre eine Mundorgel." Als Nächstes wählt der Junge das Feld mit dem Auge. Das Mädchen gibt ihm ein kornblumenblaues Tuch. Unverzüglich hält er es hoch. „Ich sehe Blau." Rasch hüpft das Mädchen aufs Feld mit der Hand. Der Junge zögert nicht, einen Stoffsack vom Tisch zu holen. Das Mädchen greift hinein. „Ich taste ein Schneckenhaus." Dann rollen die Kinder einen Teppich mit Feldern aus, in welchen Zahlen stehen. Sie sammeln Kieselsteine, legen sie in der entsprechenden Anzahl in die Felder. Kaum ist das letzte Feld gefüllt, kippen sie die Steine vom Teppich, rollen ihn zusammen. Das Mädchen setzt sich an den Tisch, öffnet ein Heft, löst Mathematikaufgaben. Sorgfältig schreibt sie Zahlen in die Häuschen. Einen Moment lang schaut ihr der Junge zu, bevor er sein Heft aufschlägt und auch anfängt zu rechnen.

Um den Spielplatz zieht sich eine Hecke mit verflochtenen Ästen. Das Geflecht ist undurchdringbar dicht. Ein hoher Bogen wölbt sich über den hinteren Ausgang zur Straße, an welcher ein Blumenladen steht. An der Fassade windet sich eine Glyzine hoch. Vor dem Haus duften Blumen und Sträucher in Trögen. Dicht an dicht reihen sich Blumentöpfe in der Auslage auf den Tischen. Blumen leuchten in allen Farben. Durch die offene Glastür blickt Golo ins Innere des Hauses, wo ein Blütenmeer die Tische und Gestelle der Auslage überzieht. Durch die Düfte und Farben lässt er sich verlocken einzutreten und sich umzusehen.

„Es gibt eine Maus im Blumenhaus", sagt ein Mädchen zu ihm.

„Wo denn?" fragt er.

Das Mädchen zeigt auf den Boden. Keck schaut die Maus zu ihm hinauf.

- „Flieht sie nicht?" wundert sich Golo.

„Wieso sollte sie?" fragt das Mädchen, streichelt die Maus mit dem Finger.

Golo kauert, betrachtet sie näher. „Sie sieht gesund aus."

- „Du kannst sie streicheln", sagt das Mädchen, „sie ist überhaupt nicht scheu." Es legt die offene Hand vor sie hin. Die Maus steigt auf seinen Handteller, lässt sich hochheben. Lächelnd setzt es sie wieder ab. „Willst du sie auch in die Hand nehmen?"

Golo richtet sich auf. „Lieber nicht! Wenn sie plötzlich zurückscheut, könnte sie herunterfallen."

- „Aber sie ist doch gar nicht scheu", wendet das Mädchen ein, lässt die Maus von der rechten Hand zur linken laufen.

Der Blumenhändler tritt hinzu. „Für die Kinder ist die kleine Maus die große Attraktion." Er zeigt Golo die Bilder an der Wand. „Ich ermuntere die Kinder, die Maus und das Blumenhaus zu zeichnen. Die Ausstellung wird immer größer. Den Kindern macht es Spaß, wenn ihr Bild aufgehängt wird. Viele setzen sich selber ins Bild, mit einem glücklichen Lachen und der Maus in der Hand."

Golo schaut die Zeichnungen an. „Jedes Kind sieht die Maus und die Blumen auf seine eigene Weise."

- „Finde heraus, welches Bild ich gemalt habe", fordert ihn das Mädchen auf.

Golo deutet aufs Bild in der Mitte der Wand. Jede Blume hat ein Gesicht und das Mädchen die Maus in der Hand. Das könnte von dir sein."

## Das Notizbuch

Am Waldrand, im Wechselspiel von Licht und Schatten, spaziert Golo. Eine Radfahrerin schließt zu ihm auf. „Möchtest du fahren, während ich neben dir laufe? Nachher könnten wir wieder tauschen." Sie steigt ab, reicht ihm das Rad.

Golo setzt sich auf den Sattel. „Ich bin schon lange nicht mehr Velo gefahren." Er fährt nicht allzu schnell, damit sie neben ihm in lockerem Laufschritt mithalten kann.

Bei der nächsten Biegung des Weges hält sie inne, atmet tief ein und aus. „Jetzt könnten wir wieder wechseln. Ich fahre und du läufst." Sie übernimmt das Rad,

tritt im Schritttempo an. Golo hat keine Mühe, auf gleicher Höhe zu bleiben. So wechseln sie mehrmals ab, nehmen sorgfältig Rücksicht, dass niemand außer Atem kommt.

Als der Weg in einen Wiesenpfad mündet, verabschiedet sich die Radfahrerin. „Der Wechsel hat Spaß gemacht. Wenn wir uns wiedersehen, setzten wir das Spiel fort."

Sie fährt rasch davon. Golo schaut ihr nach, bis sie hinter dem Ausläufer des Waldbergs verschwindet. Labkraut und Graslilien blühen.

Ein Mann kommt ihm entgegen, trägt einen weißen Hut mit schwarzem Hutband. Lächelnd deutet er auf Golos Hut. „Du trägst ja denselben Hut wie ich, mit einem kleinen Unterschied: Deine Hutkrempe weist dunkel angelaufene Stellen auf, meine ist blütenweiß."

Golo nimmt den Hut ab, betrachtet die Krempe. „Du hast Recht. Neu war der ganze Hut so weiß, dass er an der Sonne blendete. Nun ist er an der Krempe allerdings ein bisschen verfärbt."

- „Das macht fast gar nichts", beschwichtigt ihn der Mann, „nimm doch meinen Hut. Er wird dir sicher passen." Mit diesen Worten setzt ihm der Mann seinen Hut auf und nimmt ihm den Hut mit den dunklen Stellen ab. Er legt ihn selber an. „Mach dir keine Sorgen! Die paar Flecken habe ich bald ausgewaschen." Lachend rennt er davon, und Golo muss mit dem neuen Hut vorliebnehmen.

Der Pfad führt durch die Wiese. Sie ist voller Farben. Traubenhyazinthe und Habichtskraut blühen. Golo gelangt zu einer Bahnstation. Am Bahnhofsgebäude, an der Überdachung und am Bahnsteig sind überall riesige Bildschirme angebracht, auf denen ein Spielfilm läuft.

Eine Frau spricht Golo an: „Nun macht das Bahnfahren Freude. Am Bahnhof und im Zug kannst du jeden Tag einen neuen Spielfilm schauen. Die Reisenden können ihn auf den Monitoren oder in ihrem iPhone ansehen. Das stiftet ein neues Gemeinschaftsgefühl. Du kannst in den Auslagen der Kleidergeschäfte die Kleider finden, welche die Schauspieler am folgenden Tag im Film tragen." Golo vergewissert sich mit einem Rundblick, dass tatsächlich viele Reisende vom Angebot Gebrauch machen und die gleichen Kleider tragen: Die Frauen Ballonkleider, die Männer Anzüge. Golo steigt in den Zug, betrachtet den Film in einem Monitor, der im Wagen über den Sitzen angebracht ist. Bei der nächsten Station steigt er aus, trifft wiederum viele Reisende in den Kleidern des Films. Ein

Verkäufer neben einem fahrbaren Kleiderständer bietet Golo die Kostümierung des Films von morgen an. „Darin wirst du gut aussehen."

Golo sagt: „Ich weiß noch nicht, ob ich morgen mit der Bahn reise."

- „Das spielt doch keine Rolle", meint der Verkäufer, „wichtig ist das Lebensgefühl, das du bekommst, wenn du sie trägst."

Golo wandert in die Stadt hinein, kommt in einen von hohen Bäumen gesäumten Park. Steinquader im Halbrund aufgebaut, bilden eine kleine Arena, in der eine Puppenbühne steht. Golo tritt näher. Der Vorhang geht auf. Zunächst sieht Golo nur einen Strauch mit großen Himbeeren. Eine Marionette kommt auf die Bühne. Sie trägt ein Harlekingewand, verneigt sich tief. „Warum setzt du dich nicht? Wir spielen für dich."

Golo setzt sich auf einen Steinquader. Die zweite Marionette, die auf der Bühne erscheint, ist eine Frau. Sie trägt ein Harlekinkleid und fragt: „Haben wir einen Zuschauer?" Der Harlekin deutet auf Golo. „Wir haben einen Gast."

Die Frau winkt Golo. „Möchtest du mehr als nur zuschauen? Komm hinter die Bühne."

Golo steht auf, geht hinter die Bühne, wo eine Frau die Marionetten mit Spielkreuzen führt. Sie übergibt ihm das Spielkreuz des Harlekins. „Versuch einmal, ihn zu bewegen." Er lässt den Harlekin ein paar Schritte gehen. Die Frau bewegt die Harlekinfrau zum Strauch. „Was sagst du zu den Himbeeren?"

Golo führt den Harlekin zu ihr. „Sie sind wunderbar groß gewachsen."

Die Frau nimmt ihm das Spielkreuz ab. „Du hast gut gespielt. War es das erste Mal, dass du eine Marionette bewegt hast?"

Er erwidert: „Ich hatte bisher noch keine Gelegenheit."

- „Du bist mutig eingestiegen", anerkennt sie und zieht den Vorhang, „komm in einer halben Stunde wieder. Dann beginnt die Vorstellung."

Golo verlässt die Arena, spaziert durch den Park, betrachtet den gleißenden Wasserstrahl eines aufschießenden Springbrunnens. Eine Frau kommt ihm entgegen. „Ich möchte Präsidentin des Reiseklubs werden. Aus dem Grund habe ich mir etwas einfallen lassen und das Überallhin-Ticket erfunden. Damit kannst du reisen, wohin du gerade möchtest."

Golo streicht eine Haarsträhne aus dem Gesicht. „Das hört sich vielversprechend an."

Sie schenkt ihm ein Ticket. „Werde Mitglied des Klubs und gib mir deine Stimme."

Er sagt: „Ich werde es mir überlegen."

Vom Park führt ein Weg zu einer ehemaligen Brauerei. Ein Mann schichtet auf dem Areal Brennholzscheite auf, errichtet große Beigen. „Für Besucher halte ich immer Geschenke bereit." Mit diesen Worten überreicht er Golo eine Zündholzschachtel.

Als Golo sie aufschiebt, sieht er winzige Scheite darin.

„Damit kannst du überall eine kleine Beige aufrichten", erklärt der Mann dazu. Golo dankt, kehrt zum Bahnhof zurück, mischt sich unter das Treiben, das sich um Kleider und den Spielfilm dreht. Der Verkäufer spricht ihn wieder an. „Wie steht es? Möchtest du dich jetzt mit den Kleidern für den Film von morgen eindecken?"

Golo schaut sich nach einem Zug um. „Ich werde gleich einsteigen."

Der Verkäufer guckt auf die Uhr. „Welcher Zug fährt denn?" - „Das ist nicht so wichtig", erwidert Golo, „ich habe ein Überallhin-Ticket."

Ein Zug fährt ein. Reisende drängen aus den Wagen, scharen sich um den Verkäufer, erkundigen sich nach den Kleidern für den nächsten Tag. Golo steigt in den Zug, setzt sich ans Fenster, schaut hinaus und schenkt den Bildschirmen, die den Spielfilm ausstrahlen, kaum Beachtung. Nach einer Weile fährt der Zug an, rollt aus dem Bahnhof in die Landschaft mit einem See. Interessiert späht Golo zum Fenster hinaus. Die Sonne glänzt auf den Wellen. Schnell zieht die schillernde Wasserfläche vorüber. Im gegenüberliegenden Abteil schläft eine Frau. Ihr Arm ruht auf dem Fenstertisch aufgestützt, der Kopf in der Hand. Hinter ihr lösen sich in rasender Folge Bäume, Sträucher und Wiesenhänge ab. Bei der nächsten Station verlässt Golo den Zug, gerät in einen großen Bahnhof mit vielen Kleiderläden und -ständen in der Halle. Ruhig sucht er sich einen Weg durch die Menge. Verkäuferinnen und Händler sprechen ihn an. „Hast du schon die Kleider für den Film von morgen?"

Unbeirrt geht Golo weiter, durchquert die Halle, findet beim Ausgang eine Straße, die zum See hinunterführt. Er strahlt türkisblau. Am Ufer werfen Bäume Schatten aufs Wasser. Angenehm erfrischend fühlt sich das Wasser an, als Golo die Hände eintaucht. Er guckt sich um, ist alleine am Strand, legt die Kleider auf die Wurzeln einer urwüchsigen Linde, schwimmt in den See hinaus. Der Himmel wölbt sich hellblau über dem Wasser. Als er zum Ufer zurückkehrt, sind seine Kleider verschwunden. Stattdessen liegt ein Bademantel auf den Wurzeln und ein Schließfachschlüssel. Er zuckt mit den Achseln, zieht den Bademantel an, geht barfuß zum Bahnhof. Schon an den Ständen vor dem Eingang wird er nun heftig von den Händlern umworben. „Bei mir kannst du dich von Kopf bis Fuß neu eindecken", sagt eine Verkäuferin, „wir haben auch Unterwäsche und Sandalen."

Golo erwidert: „Ich hoffe schon, meine Kleider wiederzufinden." Er wandelt durch die Bahnhofhalle. Verdutzt schauen ihn die Menschen an. Unbeirrt lenkt er seine Schritte zu den Schließfächern, findet unter der Nummer, die auf dem Schlüssel steht, seine Kleider und Sandalen wieder. Er zieht sich an, hängt den Bademantel in den Kasten. Dann verlässt er den Bahnhof und findet einen Weg, der sich durch die Außenquartiere auf einen Aussichtsberg windet. Ein Hund kommt angerannt, riecht und schnuppert an seinen Füßen. Dem Mann, der hinterherläuft, ist es nirgends recht. „Es tut mir leid. Das ist noch nie vorgekommen. Er geht sonst immer zuverlässig an meiner Seite, muss auch in dichtem Gedränge nicht angeleint werden." Nun nimmt er ihn an die Leine, fügt bei. „Er ist nicht mein Hund, ist nur bei mir in den Ferien."

Golo beschwichtigt: „Das kann passieren."

Auf halber Höhe begegnet er 2 Kindern. Das Mädchen berichtet: „Wir gehen zu unserer Tante."

Der Junge weist auf ein Haus aus sandfarbenem Stein mit blumenübersätem Garten. „Sie wohnt dort."

Das Mädchen fährt fort: „Sie kommt mit uns zum Aussichtspunkt."

- „Gefällt es euch dort?" erkundigt sich Golo.

„Es hat einen Spielplatz mit einem Kletterpark", sagt der Junge.

„Vielleicht sehen wir uns", wünscht das Mädchen, lenkt seine Schritte zum Haus der Tante.

Der Junge folgt ihr. „Dann kann ich dir ein Kunststück im Kletterpark zeigen."

Golo wandert auf die Höhe, lässt die weite Sicht über die Waldberge auf sich wirken, guckt auf den silbrig schimmernden See. Beim Abstieg wählt er einen Weg, der den Waldrand säumt.

Eine Frau kommt ihm entgegengelaufen. „In meinen Verkaufsstand ist ein junger Löwe eingedrungen."

Golo lässt sich zu ihrem Stand führen. Er ist rosafarben gestrichen und sieht wie ein großes Himbeertörtchen aus. Der Löwe steht auf den Hinterpfoten, stützt eine Vorderpfote auf den Ladentisch, fegt mit der anderen ein Himbeertörtchen herab. Als Golo nähertritt, knurrt er und verzieht sich. Die Frau bückt sich, hebt das Törtchen auf. „Zum Glück ist nur eines havariert. Ich dachte schon, er würde meinen ganzen Stand durcheinanderbringen. Hattest du keine Angst?"

- „Der junge Löwe war nicht auf Angriff aus", sagt Golo.

Sie bedankt sich, fragt: „Darf ich dir ein Törtchen anbieten?"

Er wendet sich zum Gehen. „Ein andermal gern. Im Moment möchte ich die Umgebung erkunden."

Er folgt einem Wiesenweg, sieht Margeriten und Salbei

blühen. In einem Garten verströmt die Rose einen herrlichen Duft. Am Tisch neben dem Strauch schreibt ein Mann in sein Notizbuch. Er blickt auf, als er Golo bemerkt. „Ich notiere alles, was mein Sohn unternimmt, spielt und sagt. Das sind enorme Fortschritte, die er macht. Täglich gibt es eine kleine Entwicklung."

- „Wie alt ist dein Sohn?" erkundigt sich Golo.

„Er ist jetzt 3 Jahre und 4 Monate alt", antwortet der Mann, „ein dankbares Alter für die Erweiterung seiner Fähigkeiten. Sein Handlungsspielraum weitet sich aus."

Golo sagt: „Dann wünsche ich euch viel Freude."

## Der Filmklub

Unterwegs in einem dichten Laubwald, sieht sich Golo nach allen Seiten um. Er führt eine Familie auf einem kleinen Pfad, der sich in eine Schlucht hinunterschlängelt. Steil fällt der Hang ab. In der Tiefe rauscht der Waldfluss. Das Echo von den Felsen hallt im Wald. Das Mädchen blickt auf einen Baum. „Ich sehe ein Eichhörnchen." Es verschwindet hinter dem Stamm. Zu hören sind nur noch die Krallen auf der Rinde. Dann zeigt es sich ganz kurz hoch oben in der Baumkrone wieder, springt auf einen anderen Wipfel hinüber.

„Es ist hier ziemlich unübersichtlich", findet der Mann.

Die Frau schließt zu Golo auf. „Zum Glück kennst du den Weg."

Felsbänder ziehen sich vom Berg herab, verengen den Pfad. Sträucher drängen sich an. Die Äste hangen tief herab. Waldreben ranken durch die Zweige. Zwischen den Wurzeln ragen Grenzsteine aus der Erde. Streulicht rieselt durch die Baumkronen. Den Waldboden flecken Schatten. Moos und Flechten überwachsen die Felsen. Wie das Gefieder eines riesigen Vogels wuchert der Farn. Die Rinde uralter Bäume schimmert. Eine Mönchsgrasmücke singt ihr tirilierendes Lied, das über das Rauschen hinausschwingt. Die Familie und Golo kommen vor den Waldfluss. Golo wählt eine seichte Stelle für den Übergang. Sie ziehen die Schuhe aus, waten durchs Wasser. „Jetzt sind wir da", sagt Golo am anderen Ufer, „wir haben es geschafft." Das Mädchen setzt sich auf einen Felsen, reibt sich die Füße. „Kalt war es, das Wasser", bemerkt es.

Nach einer kurzen Rast auf dem sonnenwarmen Felsen führt Golo die Familie aus dem Wald heraus und zeigt ihnen das Dorf. „Nehmt den Wiesenweg und ihr seid bald dort."

- „Und du? Was hast du vor?" erkundigt sich das Mädchen.

„Ich gehe den Waldrand entlang", sagt Golo und verabschiedet sich von der Familie.

Der Mann dankt ihm. „Mit dir haben wir das Dorf gefunden."

Die Frau fügt bei: „Allein hätten wir noch lange suchen müssen."

- „Auf meiner Karte sind längst nicht alle Wege eingetragen", bedauert er.

„Schade, sind wir nicht länger zusammen unterwegs", ruft das Mädchen.

Golo schaut der Familie zu, wie sie ins Dorf hinuntergeht. Eins ums andere Mal dreht sich das Mädchen um und winkt. Seine Eltern halten inne, blicken zurück, heben die Hand. Golo hält die Hand ganz hoch beim Winken. Er gibt sich einen Ruck und folgt dem Waldrand, bis er vor eine Bühne aus roh gezimmerten Brettern gerät. Ein Schauspieler lädt ihn ein: „Komm auf die Bühne."

Golo steigt die Treppe hinauf. „Tritt näher", sagt der Schauspieler, „dann kann das Stück beginnen."

- „Aber stehe ich euch nicht im Weg?" befürchtet Golo.

„Das wollen wir hoffen", meint der Schauspieler, „das Stück handelt von dir."

Golo fragt: „Könnt ihr einen Spiegel auf die Bühne stellen? Dann könnte ich mir zuschauen, wie ich mich selber spiele."

Die Schauspielerin holt einen Standspiegel, richtet ihn am Rand der Bühne auf Golo. Er betrachtet sich, geht vor dem Spiegel auf und ab. Plötzlich tritt sein Spiegelbild aus dem Spiegel und huscht von der Bühne. Golo folgt ihm, ruft: „Was hast du vor? Warum bleibst du nicht im Spiegel?"

Das Spiegelbild antwortet nicht, läuft den Waldrand entlang, spricht eine Frau an: „Gleich kommt einer, der aussieht wie ich, nur seitenverkehrt."

Sie lacht, fragt: „Wie meinst du das?"

Da ist Golo bereits zur Stelle. Sie sieht die beiden an. „Seid ihr Zwillingsbrüder?"

Golo deutet auf sein Spiegelbild: „Es ist aus dem Spiegel entwichen. Ich muss nun zusehen, was es weiter vorhat."

Das Spiegelbild lächelt. „Ich habe nichts anderes vor als dich zu spiegeln, einfach in einem erweiterten Rahmen."

Dann läuft es davon. Golo heftet sich an seine Fersen. Beim Fluss starrt es ins Wasser, schaut die Wolke im schimmernden Spiegel des Wassers an. „Schade, dass ich mich nicht spiegeln kann."

Golo tritt daneben und stellt fest: „Ich sehe mich auch nicht mehr im Wasser."

Das Spiegelbild lacht, springt in den Fluss, schwimmt zum anderen Ufer hinüber. Golo läuft zur Brücke, rennt, versucht, das Spiegelbild einzuholen. Seltsamerweise sind dessen Haare und Kleider trocken geblieben. Das Spiegelbild läuft in die Stadt hinunter, stellt sich neben einen Mann, der sich im Schaufenster eines Hutladens

145

spiegelt. Er dreht sich nach ihm um: „Wieso spiegelst du dich nicht?"

Das Spiegelbild sagt: „Noch nicht. Vielleicht wird es mir einmal gelingen."

In dem Moment trifft Golo ein. Der Mann lässt seinen Blick hin- und herwandern. „Ihr seht euch zum Verwechseln ähnlich. Aber wisst ihr was? Mir wäre es lieber, ihr würdet euch wie jeder andere Mensch im Schaufenster spiegeln. Dafür gäbe es nur einen von euch."

- „Das verhält sich auch so", erklärt Golo, „mir ist mein Spiegelbild davongelaufen."

Ein Mädchen und ein Junge tragen einen Standspiegel. Der Junge bittet: „Machen wir eine kleine Pause."

Das Mädchen ist einverstanden. Sie legen den Spiegel auf eine Sitzbank, betrachten den Himmel darin.

Golos Spiegelbild dreht sich um, sieht den Spiegel liegen, läuft zur Bank. „Solange bin ich noch nie allein gelaufen. Ich ruhe mich aus." Es legt sich auf den Spiegel, sinkt hinein. Als Golo ihm folgt, in den Spiegel hineinblickt, schaut ihm wie gewohnt das Spiegelbild entgegen. Er legt die Hand aufs Glas. Die Hand des Spiegelbilds kommt ihm entgegen, bleibt unter dem Glas. Golo atmet auf. „Mein Spiegelbild ist zurück."

- „Was sagst du?" fragt das Mädchen.

Golo versucht, es den Kindern zu erklären: „Mein Spiegelbild ist davongelaufen. Nun ist es wieder in den Spiegel zurückgekehrt." Er läuft zum Schaufenster, sieht sich gespiegelt, führt einen kleinen Tanz auf.

Der Junge blickt das Mädchen an. „Verstehst du, was er sagte?"

Sie nimmt den Spiegel wieder auf. „Er hat sein Spiegelbild verloren und in unserem Spiegel wiedergefunden. Das erfreut ihn jetzt sehr."

Der Junge packt auch an, wirft einen kurzen Blick in den Spiegel. „Das ist mir noch nie passiert. Ich erscheine in jedem Spiegel."

Mit tänzerischen Schritten spaziert Golo durch die Altstadt, spiegelt sich in jedem Schaufenster. Fröhlich schwenkt er den Hut. Hinter einem Haus schimmert der flammend rote Sandsteinfels. Er ist gegen die Straße hin geschichtet. Golo bricht eine Felstafel heraus, ungefähr so groß wie ein Ziegel. „Das ist eine wunderbare Farbe", sagt er sich. Mit diesem Stück geht er in einen kleinen Park, der an die Straße anschließt, legt es auf eine weiße Felsenplatte.

Ein Mann kommt mit einem Hammer auf ihn zu. „Wenn du willst, zerklopfe ich die Tafel. Du gewinnst ein flammendes Rot, das es sonst nirgends gibt."

Golo ist einverstanden. „Der Sandstein ist weich. Das wird gelingen."

Der Mann schlägt die Tafel in kleine Stücke, hämmert immer weiter, bis sie kleine flammend rote Brösel bilden.

In den Park tritt eine Frau, guckt zu, schließt sich an. „Ich habe einen Mörser und einen Stößel. Wenn ihr wollt, mache ich euch aus den Bröseln ein Pulver."

Sorgfältig wischen sie kleinen Teilchen in ein Tuch. An den Park grenzt ein wild verwachsener Garten, worin da Haus der Frau steht. Der Mann legt das Tuch auf einen Steintisch. Schnell holt die Frau den Mörser und Stößel aus dem Haus, zerstößt die Brösel zu Pulver. „Nun könnt ihr sagen, was ihr damit anfangen wollt."

- „Wir malen", schlägt Golo vor.

Die Frau bringt ein Becken, gießt Wasser hinein, rührt das Farbpulver an, bis eine Pampe entsteht. Dann bringt sie einen Pinsel und Papier. Mit wenigen Strichen malt Golo die Frau, wie sie durch den verwilderten Garten geht. Es gefällt ihr, und der Mann schlägt vor: „Wir bringen das Bild in eine Galerie."

Die Frau legt es an die Sonne. „Während es trocknet, trinken wir einen Tee", schlägt sie vor.

Indes der Mann Stühle an den Tisch rückt, trägt sie auf einem Tablett eine Kanne und Teegläser herbei. „Wer ist auf die Idee gekommen, ein Stück aus dem Felsen zu brechen?"

- „Das war ich", sagt Golo, „ich lief vorbei. Da stach mir das flammende Rot ins Auge."

Die Frau schenkt Tee ein. „Ich wurde noch nie in Rot gemalt."

- „Es passt zu dir", findet der Mann.

Mit dem Finger prüft sie, ob die Farbe trocken sei. Dann nimmt sie das Blatt. Zu dritt schlendern sie durch eine verträumte Altstadtgasse zur Galerie, die sich in einem Haus mit Wimpeln und Fähnchen befindet. Der Galerist sitzt auf einem Stuhl neben dem Schaufenster, dehnt und streckt sich, steht langsam auf. „Was bringt ihr?"

Die Frau zeigt ihm das Bild. „Es ist mit rotem Sandstein gemalt."

- „Wo soll ich es aufhängen? Zeigt mir einen günstigen Platz", bittet der Galerist und lässt sie eintreten.

Der Mann weist auf eine leere Wand. „Da ist die Wirkung am größten."

Der Galerist hängt es in der Wandmitte auf, tritt ein paar Schritte zurück. „Du hast recht, so kommt es zur Geltung." Sie betrachten das Bild eine Weile, dann treten sie vor die Galerie.

Ein Glanz erhellt die Gasse. Mit einem silbern glänzenden Fahrrad trifft ein junger Mann ein, hält vor der Galerie. Er führt eine große Kartonmappe mit. „Gibt es irgendein Bild, das ihr mir empfehlen könnt?"

Der Galerist blickt auf die Mappe. „Ich dachte schon, du wolltest uns ein Bild bringen."

Der junge Mann erwidert: „Vielleicht ein andermal. Ich würde gern eines mitnehmen."

- „Komm herein und schau dich um", sagt der Galerist und macht mit dem Arm eine einladende Gebärde.

Der junge Mann stellt die Mappe ab, tritt in die Galerie und schaut sich um. Sein Blick bleibt an dem mit Sandstein gemalten Bild hängen. „So etwas in der Art habe ich gesucht."

Der Galerist nimmt es sorgfältig ab. „Du hast eine gute Wahl getroffen."

„Es gefiel mir auf den ersten Blick", erklärt der junge Mann und legt das Bild in die Mappe.

- „Was machst du damit?" erkundigt sich die Frau.

„Ich werde es zu Hause aufhängen", antwortet er, setzt sich aufs Rad, klemmt die Mappe unter den Arm, fährt los.

Golo stellt sich mitten in die Gasse. Der Galerist fragt: „Was hast du vor?"

- „Ich setze meinen Streifzug durch die Stadt fort", kündet Golo an.

„Nachher schaust du wieder bei mir herein", regt die Frau

an, „es hat noch Farbe. Wir könnten ein weiteres Bild malen." Sie kehrt zu ihrem Haus zurück. Der Mann begleitet sie.

Die Häuser an der Straße, die zum Rathaus führt, sind in allen Farben des Regenbogens gestrichen. Eine Frau spricht Golo an: „Wir haben einen Filmklub. Möchtest du beitreten?"

- „Das tönt spannend", entgegnet Golo, „was macht ihr?"

Die Frau erläutert: „Wir sehen uns Filme an und diskutieren im Anschluss, zum Beispiel die Beziehung zwischen Frau und Mann. Wie war sie im Film? Wie erfahren wir sie im Leben? Solche Fragen stellen wir uns und suchen Antworten."

Er wechselt das Standbein. „Sobald ich mir Filme ansehen möchte, weiß ich jetzt, an wen ich mich wenden kann."

## Die Bilder

Vor einem Restaurant in der Altstadt ist ein Straßencafé mit bunten Sonnenschirmen und runden Gartentischen eingerichtet. Golo setzt sich. Zuerst kommt der Kellner mit einem Glas auf dem Tablett. Dann stellt er aufs Glas ein zweites Tablett, wiederum mit einem Glas. Schließlich nimmt er ein weiteres Tablett, setzt es aufs dritte Glas. So geht er durchs Straßencafé, wahrt immer die Balance. Danach stellt er die Tabletts und Gläser ab, jongliert mit Tellern. Nachdem er einen aufgeworfen hat, nimmt er den nächsten von der Beige, fügt immer einen hinzu, bis 6 Teller durch seine Hände kreisen. Golo kommt gar nicht dazu, eine Bestellung aufzugeben, denn der Keller jongliert bereits mit Messern, Gabeln und Löffeln. In einem fliegenden Ring aus Dessertlöffeln fragt er: „Was möchtest du trinken?"

Golo bestellt ein Glas Mineralwasser. Der Kellner eilt ins Restaurant, serviert das Glas auf dem Mittelfinger der rechten Hand. „Du hat ein famoses Gleichgewichtsgefühl." Der Kellner dankt für das Kompliment. Während sich Golo einen Schluck gönnt, fährt der Kellner fort mit seinen Kunststücken. Er zaubert eine Taube aus einer Serviette. Auf dem Gehsteig stellt er Stühle in eine Reihe, springt mit Saltos darüber.

2 Frauen setzen sich zu Golo an den Tisch. Sie tragen einen blauen Hut mit weiter Krempe. Die jüngere Frau sagt:

„Mit den Hüten sehen wir uns sehr ähnlich. Soll ich ihn abnehmen? Ich hätte noch eine Mütze dabei."

- „Das musst du selber entscheiden. Möchtet ihr deutlich verschieden sein?"

Die ältere findet: „Es ändert immer. Manchmal möchte wir uns ähnlichsehen. Dann möchten wir verschieden sein."

- „Wir können es dir ja zeigen", meint die jüngere, zieht den Hut ab und die Mütze an.

„Jetzt seht ihr deutlich verschieden aus", bestätigt Golo.

Die jüngere zeigt auf ein Gebäude. „Da drin findet eine Redaktionssitzung statt. Sie ist öffentlich. Du könntest hineingehen und ihr beiwohnen."

- „Es ist sehr spannend mitzuerleben, wie die Zeitung entsteht", fügt die ältere bei.

Golo geht ins Gebäude. Alle Türen stehen offen. Aus einem runden Raum tönt das Ticken einer großen alten Standuhr. Die Journalistinnen und Journalisten sitzen um einen runden Tisch. Vor ihnen liegen Papierstapel. Sie blicken Golo an, sagen kein Wort.

„Bin ich denn willkommen?" vergewissert er sich.

Sie schweigen. Golo geht um sie herum. „Ihr wollt die Zeitung herausgeben. Warum redet ihr nicht miteinander?"

Immer noch bleiben sie ihm die Antwort schuldig. Er verlässt das Gebäude, kehrt zu den Frauen zurück. „Sie reden kein Wort."

Die Frauen können es kaum glauben, gehen mit Golo ins Gebäude, möchten es selber erfahren. Die Journalistinnen und Journalisten sind immer noch um den runden Tisch versammelt. Ihr Schweigen dauert an.

Die jüngere Frau sagt: „Irgendwie werden wir sie doch

zum Reden bringen."

- „Was hast du vor?" fragt die ältere. Die jüngere wendet sich an eine Journalistin: „Was ist passiert? Ihr macht doch sonst eure Sitzungen öffentlich."

Die Journalistin berichtet: „Wir haben uns ausgetauscht und denken nun intensiv nach. Es geht um eine Abstimmung. Soll es für den Wald neue Zonen geben? Oder sind sie als unverrückbar fest zu betrachten?"

Ein Journalist fügt bei: „Wir halten dafür, dass die Grenzen nicht verschoben werden dürfen. Jetzt stellt sich uns die Frage: Wie gestalten wir den Bericht, dass sich alle, die ihn lesen, eine eigene Meinung bilden können? Das wird die Kunst sein."

Die Frauen und Golo treten aus dem Gebäude heraus.

„Ich bin froh, dass wir Antworten bekommen haben", sagt die ältere, „das Schweigen war mir ein bisschen unheimlich."

Die jüngere erwidert: „Manchmal lohnt es sich nachzufragen."

Die Frauen lenken ihre Schritte zum Straßenrestaurant zurück, während Golo einem Fußweg immerzu folgt, bis er an den Waldrand kommt. Dort trifft er einen Mann, der aus Ästen, Zweigen und Rindenstücken eine Hütte baut. „Alles Material zum Hüttenbau habe ich im Wald zusammengelesen."

Golo betrachtet die Hütte. „Was machst du darin, wenn sie fertig ist?"

- „Ich werde", gibt der Mann Bescheid, „so oft es geht, mit den Enkelkindern hierherkommen und Waldmensch spielen. Ans Beerensuchen ist auch gedacht." Beim Weitergehen begegnet er einer Frau mit 2 singenden Kindern. „Wir kommen vom Markt", erzählt sie, „dort werden auch Bücher verkauft. Meine Kinder sind scharf auf Liederbücher. Davon können sie nicht genug bekommen. Es gefällt ihnen, die Bilder anzuschauen und die Lieder zu singen."

Ein Weg biegt in den Wald ein. Das Blätterdach ist so dicht, dass nur wenig Licht auf den Boden fällt. Zunächst hört Golo noch die Kinder singen. Tiefer im Wald dringen nur die Vogelstimmen und ein leises Windrauschen an sein Ohr. Große Sträucher wachsen um einen umgestürzten Baumriesen. Erst über den Bergkamm im Südhang lichtet sich der Wald. Hellgrüne Blätter eines Birkenwäldchens tanzen um die lichtweißen Stämme. Im Haus am Waldrand winkt ihm eine Frau. „Darf ich dir Briefe mitgeben? Ein Briefkasten befindet sich am Dorfrand. Dort könntest du sie einwerfen." Sie verschwindet kurz im Haus, kehrt mit einem Stapel Briefe zurück. „Es wäre mir eine große Erleichterung."

Golo übernimmt den Stapel, lässt sich den Weg zum Briefkasten erklären.

„Du kannst ihn nicht verfehlen", sagt sie, „dieses Sträßchen führt zum Dorf hinunter."

Ruhig schreitet Golo bergab. Das Sträßchen durchmisst den Hang mit vielen Windungen und Kehren. Schmetterlinge flattern über die Blumenwiese. Beim Dorfeingang steht eine Eisenstange. Golo fragt einen Mann: „War da ein Briefkasten?"

Der Mann lacht. „Er ist heute Morgen entfernt worden. Der Angestellte, der ihn abnahm, sagte, es sei kaum mehr Post eingeworfen worden. Du kommst ein bisschen zu spät mit deinen Briefen."

Golo hält den Stapel hoch. „Es sind nicht meine Briefe. Wo kann ich sie nun einwerfen?"

Der Mann beschreibt ihm den Weg zum Dorfladen. „Dort findest du noch einen Briefkasten."

Golo geht ins Dorf hinein, sieht den Laden, wirft die Briefe ein. Ein Seitenstrang der Dorfstraße mündet in einen Feldweg, der in einen ausgedehnten Wiesenhang führt. Von dort schlängelt sich der Bergweg zum Aussichtspunkt. Golo betrachtet die Landschaft um das Dorf.

Eine Frau kommt aus dem nahen Wald. „In der Nähe ist ein Haus. Dort sind viele Bilder eingeschlossen. Willst du es öffnen?"

- „Das könnte ich machen", meint Golo und folgt ihr.

Am Waldrand steht ein kleines Holzhaus mit Moos auf dem Dach. Die Frau gibt Golo den Schlüssel. „Schließe es auf."

Er dreht den Schlüssel, öffnet die Tür. Ein Lichtschein fällt auf viele mit Leinwand bespannte Keilrahmen. Die Frau geht neben ihm durch ins Haus, öffnet die Läden. Golo zieht ein Bild heraus. Darauf ist eine Frau gemalt, ganz in Schwarz gekleidet. „Weißt du, wann ich das Licht zum letzten Mal gesehen habe?" fragt sie.

Golo wundert sich. „Du kannst sprechen?"

- „Ich brauche nur Licht. Dann kann ich alles", erklärt die Frau in Schwarz, eilt zur Tür, läuft hinaus, „ich liebe das Licht der Sonne."

Er folgt ihr. „Wo gehst du hin?"

Sie rennt davon. „Ich muss weg. Sonst lande ich wieder in

der Leinwand."

Golo kehrt ins Haus zurück. „Die Bilder werden richtig lebendig."

Er zieht die zweite Leinwand aus der Reihe. Ein großer Mann springt heraus. „Danke für das Licht", ruft er, verschwindet in den Büschen, die sich hinter ihm schließen. Golo rennt ihm nach. „Wer bist du? Wirst du wieder ins Bild zurückgehen?"

Der Mann lacht. „Du kannst ja an meiner Stelle hineingehen, wenn es dir Spaß macht, im Bild zu sein."

Golo kehrt zum Haus zurück, betrachtet die Lücke im Bild, die der Mann hinterlassen hat. „Was würde geschehen, wenn ich diese Lücke betrete?"

Die Frau stellt sich neben ihn. „Du kannst es versuchen. Allerdings würde ich an deiner Stelle einen Fuß hier am Boden lassen."

Golo tritt nur mit einem Bein in die Lücke, gerät in ein helles Atelier mit hohen Fenstern. Eine Malerin reißt die Augen auf. „Wer bist du? Ich malte einen ganz anderen Mann."

- „Der Mann hat das Bild verlassen und ich bin an seine Stelle getreten", erklärt Golo.

Die Malerin rät: „Dann tritt schnell wieder aus dem Bild heraus, bevor du nicht mehr zurückkehren kannst."

Golo ist jedoch neugierig geworden. „In welcher Zeit lebst du? Wen hast du gemalt?"

Sie legt den Pinsel und die Palette ab. „Stell keine Fragen und kehre in deine Zeit zurück."

Golo steigt aus der Lücke heraus. „Was sind das für seltsame Bilder?" fragt er die Frau im Waldhaus.

- „Es sind eingeschlossene Bilder", erwidert die Frau, „wenn sie ans Licht kommen, werden sie lebendig."

Golo schreitet die Reihe der Keilrahmen ab, wagt jedoch nicht mehr, ein Bild ans Licht zu ziehen. „Wir verlassen das Waldhaus", schlägt er vor.

Sie ermuntert ihn, noch ein kleines Bild herauszunehmen, das Bild eines Jungen. Golo zieht es sorgfältig heraus. Der Junge hüpft aus dem Bild, läuft in den Wald.

„Wo willst du hin?" fragt Golo, „pass auf, dass du dich nicht verläufst!" Er rennt hinterher. Der Knabe versteckt sich hinter einem Stamm, guckt hervor, läuft weiter. Immer, wenn er ihn fast eingeholt hat, ändert der Junge stracks die Richtung und gewinnt wieder einen kleinen Vorsprung. Im hohen Farn verliert ihn Golo aus den Augen. Er streift durch die Wedel, ruft. Der Junge bleibt verschwunden. Als Golo schließlich umkehrt und im Waldhaus den Keilrahmen genauer anschauen will, ist der Junge zurück im Bild. Golo schiebt es zurück in die Reihe, tritt ins Freie. „Schließen wir das Haus wieder", schlägt er vor.

Die Frau macht die Fensterläden zu, verlässt das Haus. Golo dreht den Schlüssel und gibt ihn zurück. Bevor sie sich verabschiedet, fordert sie ihn auf: „Melde dich bei mir, wenn du weitere Bilder sehen möchtest."

Er schaut ihr nach, wie sie in den Wald einbiegt und hinter einem Holunderstrauch verschwindet. Selber folgt er dem Weg, der den Waldrand säumt, gelangt zu einer Sitzbank. Eine weite Blumenwiese blüht. Grillen zirpen. Am umgebrochenen Rand leuchten Mohnblüten. Über dem Tal schimmern die Waldberge in allen Grüntönen. Durch den hellblauen Himmel gleitet eine hohe Wolke.

Eine Frau kommt mit einem Picknickkorb, fragt Golo: „Willst du mit mir essen?"

Er freut sich über das Angebot. Sie legt eine Serviette auf die Sitzbank, packt Brot, Ziegenkäse, Äpfel und Tee aus. „Was hast du erlebt?"

Er erzählt ihr die Geschichten von den eingeschlossenen Bildern: „Das hat mich nachdenklich gestimmt."

- „Darüber musst du dir nie Gedanken machen", sagt sie, „es gibt freie und eingeschlossene Bilder."

## Die Wolkengondel

In der Altstadt schreitet Golo an einer Zeile bunter Fassaden vorbei, bleibt vor einem bernsteinfarbenen Giebelhaus stehen. Leere Leinwände, auf Keilrahmen gespannt, liegen auf dem Gehsteig. Golo schickt sich an, auf die kopfsteingepflasterte Straße auszuweichen.

Ein Mann ruft Golo zu: „Geh nicht weiter! Gleich kannst du zusehen, wie Bilder entstehen." Er öffnet eine Flasche mit korallenroter Farbe, stellt sie auf eine Leinwand. „Sie malt selber." Schnell zieht er sich zurück. Eruptiv, wie aus einem Vulkan, wirft die Flasche Farbe aus, malt mit Spritzern und Tropfen Farbspuren auf die Leinwand. Die Farbe ruht nicht, wenn sie auf der Leinwand landet. Sie brodelt, hüpft und spritzt weiter, überzieht die Leinwand wie mit winzigen Lamas, die durcheinandertraben und Farbe speien. Zur Ruhe kommt die Masse erst, als ein wunderbares Geflecht die Leinwand überzieht. Der Mann macht die zweite Flasche auf. Nach einem kurzen Zischen sprüht das Korallenrot heraus, in rhythmischen Stößen, prasselt auf die Leinwand, fegt nach dem Aufprall mit Tropfenschwärmen und Wirbeln über den Stoff, prägt ein Muster von großen und winzigen Flecken aus, das unzählige Linien durchziehen.

„Kein Bild wird wie das andere", ruft der Mann, als er die dritte Flasche hinstellt. Das Korallenrot schießt in die Höhe, regnet auf die Leinwand herab, kugelt, rollt, zerspratzt und verspritzt in filigrane und wuchtige Tupfen und Linien. Der Mann guckt Golo an. „Was sagst du?"

Golo beugt sich über die Leinwände. „Eine Farbe, die selber malt, sehe ich zum ersten Mal. Sie entwirft eine Art gemalte Musik".

Der Mann sammelt die Flaschen ein. „Das könnte der Titel der Ausstellung werden."

Bedächtig legt er sie in den Eimer fürs Altglas. „Ich stelle die Bilder in meiner Galerie aus."

Eine Frau hält inne. „Machst du Straßenkunst?"

„Tatsächlich sind die Bilder auf der Straße entstanden", räumt er ein.

„Die Augen können in diesen Bildern spazieren", sagt sie, „das gefällt mir. Ich möchte die Bilder gern bei mir zuhause aufhängen."

Der Mann bietet ihr an: „Nach der Ausstellung darfst du sie haben."

Golo wendet sich zum Gehen. „Danke, dass ich zuschauen durfte."

Er flaniert durch die Gassen der Altstadt, bis er zu einem hohen Haus mit einer Außentreppe kommt. Ein Mann lädt ihn ein: „Steig einmal die Treppe hoch. Du wirst sehen, bei jedem Treppenabsatz bietet sich eine neue Ansicht der Stadt."

Golo steigt die Treppe hoch, ist schon bald auf der Höhe der Dächer. Er erklimmt ein paar weitere Stufen und kann auf sie hinunterblicken. Es sind spitze Giebeldächer, teilweise von Moos bewachsen. Immer eine Stufe überspringend, gelangt Golo rasch wieder in die Gasse hinunter. „Hoffentlich habe ich niemanden gestört."

Der Mann versichert: „Die Bewohner sind es gewohnt, dass die Außentreppe benutzt wird."

Golo geht durch ein Tor, das von 2 runden Türmen flankiert wird, zur Altstadt hinaus. Durchs Grasland führt ein Wanderweg zu einem Zeltdorf am Ufer des Flusses. Eine Frau schlägt den Vorhang zurück, der den überdachten Eingang ihres Zeltes vor Blicken schützt. Sie sagt zu Golo: „Möchtest du auch ein Zelt aufstellen?"

- „Im Moment bin ich unterwegs und schaue mir die Landschaft an", erwidert er.

„Ich könnte dir mein Zelt zeigen", schlägt sie vor, „vielleicht bekommst du dann plötzlich Lust. Außerdem habe ich ein kleines Zelt dabei. Beim Aufstellen würde ich dir behilflich sein."

- „Das ist sehr freundlich", entgegnet er, „aber ich möchte jetzt nicht zelten."

Sie lässt den Blick auf ihm ruhen. „Wie du meinst! Ich bin noch eine ganze Weile hier. Du kannst es dir ruhig überlegen."

Golo dankt für das Angebot, geht weiter. Er findet einen Bergweg, der sich durch den Wald hinaufwindet. Zwischen den Bäumen ragen Felsen auf. Auf der Höhe gelangt er zu einem Maiensäß in einer von Bäumen umsäumten Blumenwiese. Feuerlilien blühen. Bienen summen. Rotbraun, von der Sonne verbrannt, schimmert das Holz des kleinen Hauses und des Stalls. Ein riesiger Baum mit urwüchsigem Stamm überragt die Nordseite der Gebäude. Aus seinem Schatten taucht ein Mann auf. „Ich habe selten Besuch. Es freut mich, dass du den Weg gefunden hast."

- „Ich steige gern hinauf und sehe mir die Landschaft von oben an", sagt Golo.

Der Mann führt ihn zu einem Aussichtsfelsen. „Von hier kannst du das Flusstal überblicken."

Golo schaut hinunter. Silbern glänzend schlängelt sich der Fluss durchs Tal. Die Stadt schmiegt sich in seine Biegung. Der Mann berichtet: „Dort findet ein Literaturfestival statt."

Sie kehren zum Maiensäß zurück, wo der Mann Golo den Stall öffnet. In Gestellen stapeln sich Filmspulen, Videokassetten, CDs rund um einen Computer. „Hier ist mein Filmarchiv. Ich filme die Autorinnen und Autoren vor der Lesung, gehe immer so nahe wie möglich an sie heran, stelle ihnen Fragen. Nach der Lesung hefte ich mich an ihre Fersen und versuche sie vor laufender Kamera ins Gespräch zu ziehen."

Golo wundert sich. „Und das geht? Möchten sie sich vor der Lesung nicht konzentrieren und danach den Menschen zuwenden?"

Der Mann erklärt: „Es gibt diese kleinen Zwischenzeiten, die ich nutze. Mit der Zeit habe ich ein Gespür dafür gewonnen. Wenn du magst, überlasse ich dir die Kamera und widme mich ganz dem Gespräch." Mit diesen Worten zieht er eine Tasche aus dem Gestell, packt die Kamera aus und zeigt Golo die Bedienung. „Halte dich möglichst nahe dran oder verwende den Zoom."

Während Golo die Kamera betrachtet, blickt der Mann auf die Uhr. „Wir können uns in aller Ruhe auf den Weg machen und treffen rechtzeitig zur ersten Lesung ein."

Sie lenken ihre Schritte zum Bergweg und steigen durch den Wald in die Stadt hinunter.

Um ein langestrecktes, lilafarbenes Gebäude am Rand der Altstadt bewegen sich zahlreiche Menschen. Auf dem Platz davor sind Sonnenschirme und runde Tische aufgestellt. Der Mann gibt Golo die Kameratasche, steuert zielstrebig einen Tisch an, wo eine Frau vor einer Tasse Kaffee sitzt. „Das ist die Autorin, die zuerst liest", weiß er und erkundigt sich freundlich: „Dürfen wir dich aufnehmen?"

Die Autorin richtet sich auf, schaut den Mann und Golo an. „Nehmt bitte Platz."

- „Danke", sagt Golo, setzt sich und packt die Kamera aus.

Der Mann führt sich ein: „Ich sammle Autorengespräche rund um die Lesungen. Darf ich dich fragen: Was bewegt dich in diesem Moment?"

Die Autorin trinkt die Tasse aus. „Die Menschen, die an die Lesung kommen, sind voller Erwartungen. Kann ich sie erfüllen?"

- „Bist du zuversichtlich?" fragt er.

Sie stellt die Tasse ab. „Ich spüre, dass meine Stimme heute stark ist." Langsam schiebt sie den Stuhl zurück. „Das ist ein gutes Zeichen." Sie begibt sich ins lilafarbene Gebäude.

Der Mann wünscht ihr gutes Gelingen.

Sie schlägt die Augen auf, bedankt sich.

Er wendet sich an Golo: „Hast du das Gespräch aufgenommen?"

Golo gibt ihm die Kamera. „Du kannst es dir ansehen."

In diesem Moment entdeckt der Mann einen Autor, der an einem Tisch sitzt, spricht ihn an: „Wir würden gern mit dir reden und das Gespräch aufzeichnen."

Einladend streckt der Autor den Arm aus. „Setzt euch

doch zu mir."

- „Was ist für dich das Wichtigste bei der Lesung?" beginnt der Mann gleich mit der ersten Frage.

Der Autor fährt mit den Händen vor und zurück. „Der Kontakt zum Publikum gefällt mir, wenn ich den Gesichtern ansehe, dass die Menschen miterleben, was ich lese."

Weiter möchte der Mann wissen: „Welche Ausschnitte wählst du?"

- „Wenn ich eine Einladung zur Lesung erhalte, nehme ich das neueste Buch zur Hand und stelle mir vor, welche Passage ich am liebsten hören würde", antwortet der Autor.

„Die Geschichten entstehen ja in der Stille und Abgeschiedenheit deines Schreibzimmers. Und plötzlich siehst du dich vielen Menschen gegenüber, die dir gespannt zuhören. Wie ist das für dich?" nimmt den Mann wunder.

Der Autor öffnet die Hände. „Mir ist in beiden Situationen wohl, weil ich mich auf sie einstimme." Er schaut auf die Uhr. „Doch nun ist es Zeit, dass ich mich bereit mache. Ich lese im kleinen Saal. Kommt ihr mit?"

Der Mann dankt für die Einladung. „Ich bin gern dabei."

Golo gibt ihm die Kamera zurück. „Ich habe das Gespräch gefilmt, würde mich gern umsehen."

Sie stehen gleichzeitig auf. Während der Autor und der Mann ins lilafarbene Gebäude treten, schaut sich Golo in der Umgebung um. Eine Hostess in admiralblauer Uniform verteilt Salzstängelchen. Das Ende der Stängelchen umwinden farbige Zettelchen.

„Was sind das für Zettel? Was steht darauf?" fragt Golo.

Die Hostess hält ihm das Körbchen hin. „Genieße das Salzstängelchen jetzt. Frage später." Er greift zu, löst das

Zettelchen vom Gebäck, entrollt es. Darauf steht: „Setze dich an Tisch Nummer 11." Er geht um die Tische herum, achtet auf die Nummernschildchen. Am Tisch Nummer 11 sitzt eine Frau, liest in einem Buch. Golo tritt näher. „Darf ich dich etwas fragen?"

Sie blickt auf, sieht das Zettelchen in seiner Hand. „Ich weiß schon, worum es sich handelt", erwidert sie lächelnd, „aus einer Laune heraus habe ich ein Salzstängelchen genommen und bin der Aufforderung nachgekommen. Setz dich zu mir! Was führt dich her?"

Er zeigt ihr das Zettelchen. „Ich habe auch die Nummer 11." Er nimmt Platz. „Was wirst du aus deinem Buch vorlesen?"

Sie lacht. „Ich bin nicht die Autorin dieses Buchs. Ich habe es vorhin am Buchstand gefunden und freue mich auf die Lesung."

- „Was gefällt dir daran?" nimmt ihn wunder.

„Obwohl es Erzählungen enthält, habe ich das Gefühl, es würde direkt mit mir sprechen und zwar so, als würde es mich schon lange kennen. Findest du das komisch?" Sie blickt ihn forschend an.

„Im Gegenteil", betont er, „das kann ich mir sehr gut vorstellen. Geschichten reden mit uns."

Die Frau sieht die Autorin, springt auf. „Vielleicht schreibt sie mir eine Widmung. Ich frage sie."

Golo schaut ihr nach. Er hört fröhliche Kinderstimmen. In der Nähe des lilafarbenen Hauses ist eine kleine Seilbahn aufgestellt. Sie führt die Kinder in einer Wolkengondel über eine Wiese. Der Mann, der die Bahn betreut, lässt immer 10 Kinder aufs Mal einsteigen. „Ihr dürft fahren, so oft ihr wollt, aber immer nur 10 aufs Mal", ruft er ihnen zu, zählt mit lauter Stimme, wenn sie auf die Rampe steigen. Golo sieht sich die Seilbahn aus der Nähe an. Die Gondel ist schneeweiß, wie eine Wolke gestaltet. Als sie sich mit den lachenden Kindern über die Wiese bewegt, wendet sich der Mann Golo zu: „Ich habe noch eine zweite Wolke. Allerdings ist sie an keinem Seil befestigt. Sie steht in der Wiese. Wenn du dich da hineinsetzen möchtest."

Golo setzt sich in die Gondel. Lautlos hebt sie ab, schwebt zunächst über der Wiese, gewinnt langsam Höhe, gleitet in einer Schleife über das lilafarbene Haus und immer höher über die Dächer der Altstadt und den Fluss. Wie gereihte Schachteln liegt sie unter ihm, wird dann unscheinbar klein, geht als rostfarbene Punkte in die Umgebung ein. Die Gondel fliegt über den Waldberg, steigt hinauf ins wolkenlose Blau.

## Das Flugbrett

Aus dem Wald führt ein schmaler Weg zu einem Haus. Golo stellt sich vor die Tür. Eine Frau öffnet, sagt: „Nur herein!"

Golo tritt ein. Hinter dem Eingangsbereich liegt ein Saal. Als Golo hineingeht, kommt ein riesiger Würfel ins Rollen, zeigt 6 Punkte an. Die Gruppe, die vorn am Tisch sitzt, registriert die Zahl. Die Frau raunt ihm zu: „Du kannst das Haus Nummer 6 suchen gehen." Sie reicht ihm ein Kärtchen mit einer 6 darauf.

Golo spaziert den Waldrand entlang. Plötzlich sticht ihm ein Holzhaus ins Auge. Die Front ist mit einer verwitterten 6 beschriftet. Dort kommt ein Mann heraus, sieht sich Golos Kärtchen an, fragt: „Willst du Flugbrett fliegen?"

Golo erwidert: „Ein Flugbrett? Was muss ich mir darunter vorstellen?"

Der Mann händigt ihm ein schmales, nicht allzu langes Surfbrett aus. „Stell dich einfach darauf."

Golo legt das Brett auf den Boden, stellt beide Füße darauf. Sogleich hebt es ab, und er gleitet auf Höhe der Baumwipfel durch die Luft. Ein kleines Verlagern des Gewichts genügt, um das Brett zu steuern. Er belastet das hintere Bein stärker. Im Steilflug fliegt das Brett hoch über die Bäume hinaus. Langsam legt er das Gewicht auf das vordere Bein. Das Brett drosselt die Geschwindigkeit, steuert im Sinkflug die Straße an. Dort steht eine Frau auf einem Flugbrett, hebt sorgfältig ab. Sie lacht, als sie Golo um sie herumkreisen sieht.

Er lacht zurück. „Ich habe das Flugbrett eben erst bekommen." Sofort hebt sie steil ab, wischt am Baumwipfel vorbei, grüßt eine Gruppe erstaunt hochblickender Wanderer mit einem Handkuss. Als Golo über ihre Köpfe hinwegjagt, finden sie kaum Worte für ihr Staunen.

Auf einer Lichtung im Wald landet die Frau vorsichtig auf einer Felsenplatte. Golo setzt neben ihr zur Landung an. Er lässt das Brett wie ein Frosch hopsen und bringt sie wieder zum Lachen. „Das muss ich auch versuchen." Ihr Brett hüpft mit ihr neben Golo. Er dehnt die Sprünge wie ein Känguru aus. Sie schüttelt sich vor Lachen. „Du bist ein Clown auf dem Brett." Dann verlagert sie das Gewicht aufs hintere Bein und fliegt aus dem Wald heraus. „Kommst du mit?"

Golo gleitet hinter ihr her. Unter ihnen ziehen klein und fern die Waldberge wie Wellen vorüber. Auf einem Berg bringt sie ihr Flugbrett zum Landen. Golo landet daneben. In der Nähe steht ein Häuschen mit 3 Wänden. Gegen Süden ist es offen und lässt in eine riesige Auswahl Sonnenbrillen blicken. Sie sind den Wänden entlang aufgereiht. In der Mitte befindet sich ein Gestell voller Sonnenbrillen. Ein Junge kommt, probiert eine an. Sie ist ihm zu groß. Er unternimmt ein paar weitere Versuche, die passende zu finden, wendet sich an die Frau und Golo: „Sind mir alle zu groß? Könnt ihr mir helfen?"

Die Frau geht zum Häuschen, greift eine Brille heraus. „Willst du diese anlegen?"

Der Junge setzt sie auf. „Sie ist leider zu groß. Wir müssen weitersuchen."

Golo schaut eine Weile lang zu. Der Junge sagt: „Vielleicht stehen hier noch weitere Häuschen mit Sonnenbrillen."

- „Das wäre möglich", meint Golo, „ich schaue mich um." Er lehnt das Brett gegen das Häuschen, erkundet zu Fuß die Höhe.

In einer Blumenwiese findet er ein Haus. Die Wände, das Dach bestehen aus Glas. Golo kann ins Innere sehen. In einem Bett liegt ein Paar. Die Frau öffnet die Augen. Der Mann neben ihr erwacht, schlägt die Augen auf. Sie blicken sich um, entdecken Golo. Die Frau winkt ihm. „Willst du uns besuchen?"

Golo teilt ihnen mit, dass er eine Sonnenbrille für einen Jungen sucht.

Der Mann sagt: „Auf der Höhe hat es ein Häuschen mit Sonnenbrillen. Da müsste fast eine passende darunter sein."

Golo fragt: „Gibt es noch weitere Häuschen?"

Die Frau steht auf, zieht die Kleider an. „Hier auf dem Berg kennen wir nur dieses. Aber Sonnenbrillen gibt es überall. Du musst dich nur durchfragen."

Auf einem kleinen Weg steigt Golo von der Höhe ab, gelangt zu einem Haus. Eine Frau sitzt davor unter einem Sonnenschirm und ist gerade am Essen. „Es hat genug für 2. Willst du dich auch hinsetzen?"

Golo sagt: „Im Moment habe ich nicht so großen Hunger. Ich suche eine Sonnenbrille für einen Jungen." Er deutet mit der Hand die Größe an. „Ungefähr so groß ist er."

Die Frau geht ins Haus, kehrt mit einer Sonnenbrille zurück. „Wo ist der Junge? Er soll sie einmal anprobieren."

Golo vermutet: „Er könnte noch auf dem Berg sein." Mit ruhigem Wanderschritt steigt er zum Brillenhäuschen hinauf.

Die Frau und der Junge sitzen auf dem Flugbrett im Gras und unterhalten sich. „Weshalb fliegst du nicht in die Stadt und holst mir eine Sonnenbrille?" fragt er. Sie rät: „Wir warten noch ein wenig. Vielleicht findet sich auf dem Berg eine Brille."

Golo tritt hinzu, bietet ihm die Sonnenbrille an. „Sie könnte passen."

Der Junge setzt sie auf. „Sie sitzt genau richtig. Jetzt brauche ich nur noch einen Spiegel, um mich anzusehen." Er läuft weg.

„Zum Glück hast du eine Sonnenbrille gefunden", freut sich die Frau, schnellt aus dem Sitz hoch, stellt sich aufs Brett und fliegt über den Abhang hinaus. Golo nimmt sein Flugbrett vom Häuschen, legt es vor sich hin, springt darauf, hebt ab. Über dem Tal gleiten sie durch die Luft, schweifen um den Berg.

Bei einem Haus, das um einen Baum gebaut ist, winkt ihnen ein Mann mit beiden Armen. Sie landen auf der Wiese. Der Mann öffnet einen großen Sack auf dem Gartentisch. „Ich habe Wörter ausgeschnitten." Er spreizt die Finger, schaufelt eine Handvoll Papierschnipsel heraus. „Als ich euch so elegant auf den Brettern fliegen sah, dachte ich, ihr könnt die Wörter meiner Freundin, der Schriftstellerin bringen.

Die Frau schultert den Sack. „Das machen wir gern. Wo lebt deine Freundin?"

Er deutet auf eine Insel im Fluss. „Dort lebt sie und wartet auf Wörter."

Die Frau und Golo besteigen die Bretter, heben ab und fliegen zur dicht mit Bäumen bestandenen schmalen Insel hinunter.

Auf dem sandigen Hausvorplatz sitzt die Schriftstellerin an einem kleinen Tisch, schreibt unter dem hellblauen Sonnenschirm. Sie hebt den Kopf, als die beiden sanft auf dem Sandboden landen. „Wie habt ihr mich gefunden?"

Die Frau stellt den Sack vor sie hin. „Dein Freund schickt uns. Wir bringen dir Wörter."

Freudig erregt öffnet die Schriftstellerin den Sack. „Wörter! Davon kann ich nie genug bekommen." Sie klaubt mit den Fingerspitzen ein Wort heraus, legt es auf den Tisch. „Es bedeutet eine ganze Welt. Ist es der Anfang eines Gedichts oder enthält es eine Geschichte? Ich weiß es noch nicht. Bald fängt es an, lebendig zu werden." Fasziniert schaut sie es an. Dann fasst sie die Frau und Golo ins Auge. „Nun müsst ihr mir zeigen, wie ihr fliegt. Flugbretter sehe ich zum ersten Mal."

Die Frau besteigt das Brett und führt ihr vor, wie sie das Gewicht aufs hintere Bein verlagert. Sie fliegt über die umstehenden Wipfel hinaus, kreist über dem kleinen, efeuüberwucherten Haus. Aufmerksam beobachtet die Schriftstellerin den Flug und lobt die Frau, nachdem sie wieder auf dem Sandvorplatz gelandet ist: „Du fliegst wunderbar. Bleibt ihr auf der Insel?"

Die Frau guckt Golo an: „Ich fliege weiter. Was hast du vor?"

Golo stellt sich aufs Brett. „Ich bin dabei."

Die Schriftstellerin bittet: „Zieht eine Runde über mir, damit ich mir nochmals euren Flug einprägen kann."

- „Das machen wir gerne", sichert die Frau zu und startet. Golo fliegt hinter ihr im Kreis über das Haus der Schriftstellerin. Dann lassen sie die Insel zurück, winken. Die Schriftstellerin winkt mit offener Hand zurück.

Weiter unten am Fluss, wo Kinder mit den Eltern bei einer Sandbank am Baden sind, landen sie und schauen zu. Während die Kinder am Ufer spielen, holen die Eltern immer wieder eines ab, und machen sorgfältig Schwimmübungen. Ein Mädchen fragt Golo: „Kommst du mit mir ins Wasser?"

- „Leider habe ich keine Badesachen dabei", bedauert er. Die Eltern des Mädchens sind zur Stelle. „Daran soll es nicht fehlen", sagt der Vater, bringt Golo Badehosen und ein Tuch zum Abtrocknen. Schnell zieht er sich um, begleitet das Mädchen ins Wasser. Es legt sich auf den Rücken. Nur leicht stützt es Golo mit den Händen. Dann dreht es sich auf den Bauch, macht ein paar Schwimmzüge, achtsam von Golo gehalten. Zwischendurch lässt er es los und selbständig durchs Wasser gleiten. Andere Kinder möchten auch, dass Golo sie hält und begleitet. So sieht er sich bald von einer Schar umringt, führt ein Kind ums andere ins tiefere Wasser und zurück. Indes Golo mit den Kindern Schwimmübungen macht, kehrt die Frau zum Brett zurück. Sie schwebt einen Moment über dem Wasser, teilt ihm mit: „Ich fliege weiter. Wir könnten uns in der Stadt treffen. Du kannst mein Haus leicht finden. Es hat ein flaches Dach und befindet sich vor dem Tor zur Altstadt." Mit diesen Worten verabschiedet sie sich, fliegt über dem Fluss davon.

Golo sieht, dass sich die Kinder ruhig um ihn tummeln, bis sie an der Reihe sind. Eine Mutter sagt: „Du musst sagen, wenn es dir zu viel wird."

- „Es strengt mich nicht an", erwidert Golo. Selten gibt es ein Gerangel ums Schwimmen mit ihm, und es löst sich von selber wieder auf. Schließlich wenden sich die Kinder wieder den Eltern zu, und Golo watet ans Ufer. Mit den Fingern und den Zehen zeichnen die Kinder in den Sand. Er betrachtet die Zeichnungen, trocknet sich ab und legt sich an. Nachdem er das Tuch und die Badehosen zurückgegeben hat, stellt er sich aufs Brett und lässt es langsam abheben. Die Kinder laufen ihm über die Sandbank nach. Er steigt auf. Sie rufen, springen hoch und winken mit den Armen. Still gleitet er über dem Fluss dahin. Die Sonne lässt glitzernde Sterne übers Wasser hüpfen. Am Ufer unter den Bäumen macht eine Frau mit weit ausgestreckten Armen auf sich aufmerksam. Golo lenkt das Brett zum Ufer, das sattgrüne Bäume und Büsche säumen, landet in der Sandbucht beim Felsvorsprung. Die Frau fragt ihn: „Was schätzt du? Im wievielten Monat bin ich?"

Golo betrachtet sie. „Bist du im siebten?"

Sie lacht, öffnet vorn das Kleid, sodass ein Polster zum Vorschein kommt. „Im Film spiele ich eine schwangere Frau. Sie freut sich auf ihr Kind. Wer ist der Vater? Sie weiß es nicht. In der Folge erlebt sie, dass sich die Freunde zurückziehen, fühlt sich verloren und ungeliebt. In dieser Situation kommt ihr jemand zu Hilfe, der bedingungslos zu ihr hält. Was würdest du in einer solchen Situation zu mir sagen?"

Golo steigt vom Brett. „Ich würde fragen: Brauchst du

Hilfe?"

Sie schlägt die Augen auf. „Das würdest du wirklich fragen? Da wärst du die Ausnahme. Viele würden teilnahmslos vorübergehen."

Er stellt sich wieder aufs Brett. „Das mag schon sein. Aber im Grund ihres Herzens möchten alle einer Frau in dieser Lage helfen. Das ist die Güte, die in den Menschen angelegt ist."

Langsam hebt er ab, gleitet über den Fluss, lässt dann das Brett hoch hinaufsteigen, fliegt über einen Hang mit blühenden Wiesenblumen zum Waldrand. Dort winkt ihm ein Junge aus einem hohen Lindenbaum. Golo kreist um den Wipfel. Der Junge sagt: „Du kannst ausgezeichnet fliegen. Aber kannst du auch so gut klettern wie ich?"

Golo landet bei der riesigen Wurzel, lehnt das Brett gegen den Stamm. Dann zieht er sich an einem Ast hoch, stemmt sich auf ihn, setzt den Fuß darauf und steigt hoch. Er blickt hinauf. „Du bist ziemlich weit oben."

Der Junge gluckst vor Lachen. „Ich klettere gern. Und du?"

Golo streckt einen Arm aus. „Ich bin bald bei dir oben."

Er klimmt sich von Ast zu Ast hoch, bis er beim Jungen im Wipfel ist. „Da wäre ich. Nun ist vor allem wichtig, dass wir beim Absteigen vorsichtig sind."

Der Junge bewegt sich sicher dem Stamm entlang. Seine Bewegungen erinnern an ein Eichhörnchen. Behände erreicht er den untersten Ast, wartet auf Golo. „Du bist auch gut geklettert", lobt er ihn, „ein bisschen langsam, dafür vorsichtig."

## Die Heilquelle

Farbig schimmern die Fassaden der Altstadthäuser im weichen Licht. Golo spaziert durch die Straßen. Menschen kommen ihm entgegen, grüßen ihn. Ein Mann spricht ihn an: „Ich habe einen Gedichtband von dir. Heute habe ich darin gelesen." Er zieht das Buch aus der Jackentasche, schlägt es auf, fährt mit dem Finger über die Zeilen. „Als ich es las, kam ich mir wie auf einer Rutschbahn vor, glitt über die Zeilen in die Tiefe."

Golo späht auf die Seite im Gedichtband, stellt sich lebhaft vor, wie er mit dem Mann in die Tiefe rutscht. Sie gelangen in einen Wald mit riesigem Farn, hören Musik aus der Ferne klingen. In einer von Bäumen überwachsenen Stadt machen die Menschen einen Umzug. Ein Fähnrich schreitet voran. Hinter ihm marschiert die Blasmusikkapelle. Sie spielen immer das gleiche Lied, das die Leute fröhlich singen. Der Mann guckt Golo an. „Wollen wir uns weiter in der Stadt umsehen?" Golo ist einverstanden. Auf einem von Sträuchern und Bäumen durchsetzen Platz ist Markt. Randvoll stehen die Stände mit Büchern. Die Menschen decken sich emsig damit ein. Gleich taschenweise kaufen sie ein. Der Mann steckt den Gedichtband in die Tasche, geht zu einem Markstand und ersteht eine ganze Tüte voll Bücher.

Unterdessen erkundet Golo die eingewachsene Stadt. Eine Frau kommt ihm entgegen und spricht ihn an: „Wie bist

175

du in unsere Stadt gelangt?"

Er berichtet: „Ein Mann hat mir ein Gedicht gezeigt. Über die Zeilen sind wir hinuntergerutscht."

- „Möchtest du wieder zurückgehen?" fragt sie ihn.

Er schaut sich um. „Wenn ich wüsste, wie, würde ich mich gern auf den Rückweg begeben."

Sie gibt ihm einen Wink. „Komm mit mir."

Sie führt ihn an den Stadtrand zu einer Treppe. Das Geländer ist von Waldreben umrankt. „Da steigst du hinauf, bis du wieder in deine Welt zurückgekehrt bist."

Golo steigt die Stufen hoch. „Begleitest du mich?"

Sie sagt: „Ich bleibe lieber in der Stadt."

Zuoberst auf dem Treppenabsatz begegnet ihm ein Mann. „Ich habe soeben ein Gedicht gelesen. Darin erscheint eine eingewachsene Stadt."

Golo lächelt. „Die Stadt ist näher bei dir als du denkst. Du musst nur diese Treppe hinuntersteigen."

Der Mann bedankt sich, schiebt die Lesebrille hoch über die Stirn hinauf, steigt in die eingewachsene Stadt hinunter.

Zurück in der Altstadt, schlendert Golo durch die Straßen. Eine Frau fragt: „Woher kommst du?"

- „Ich bin in einem Gedicht gewesen", antwortet er.

Sie lacht. „Wie kommt man in ein Gedicht?"

Golo überlegt, wie er es sagen könnte. „Durch intensives Lesen kann es dazu kommen, dass man im Gedicht landet."

- „Bring mich dorthin", bittet sie ihn, „ich war noch nie in einem Gedicht."

Er nimmt sein Notizbuch, schreibt ein kleines Gedicht hinein, trennt die Seite heraus und gibt sie ihr zu lesen.

„Versuche es damit."

Sie vertieft sich in die Zeilen, fragt: „Darf ich es behalten für all die Momente, wo ich mich gern damit beschäftigen möchte?"

- „Du darfst es behalten", sagt Golo, „und wenn du mehr möchtest, schenke ich dir neue Gedichte."

Sie zieht zufrieden weiter, während er seine Schritte zum Bahnhof lenkt. Ein Mann zeigt ihm eine kleine Wohnung. „Hier stand eine riesige Orgel", berichtet er, „sie ist ausgebaut worden und nun gab es Platz für die Wohnung."

Nebenan befindet sich ein Kleideratelier. Die Schneiderin kommt heraus, sieht Golo an. „Wir schneidern dir Kleider nach Maß. Das machen wir gerne. Du musst es uns nur sagen."

Er sagt: „Im Moment habe ich ausreichend Kleider, aber wenn ich etwas brauche, wende ich mich an dich."

Ein Mann streckt seinen Arm aus, blickt auf die Uhr. Plötzlich rennt ein jüngerer Mann herbei, schnallt ihm die Uhr ab, läuft weg. Der Mann verfolgt ihn. Sie rennen durch den Bahnhof.

Eine Frau erklärt Golo: „Das ist ein neues Straßentheater. Die beiden Männer denken sich eine Szene aus, führen sie dann am Bahnhof auf. Es irritiert die Leute ein wenig. Darauf ist es jedoch angelegt."

Verwundert schaut Golo den Männern nach. Dann findet er einen Weg, der vom Bahnhof ins Grasland führt. Die Halme stehen hoch, schaukeln im Wind. Schachbrettfalter flattern zu den Witwenblumen. Golo betrachtet den Flug eines Admirals.

Mit beschwingten Schritten nähert sich eine Frau. „Bald

wird mein Kind zur Welt kommen."

- „Freust du dich?" fragt Golo.

Sie hält inne. „In die Freude mischt sich auch Sorge."

- „Welche Sorge denn?" erkundigt er sich.

„Ich habe 2 Freundinnen", berichtet sie, „kommst du mit? Wir können sie besuchen und mit ihnen reden. Das wird ihnen guttun."

Sie schlägt den Weg zum Stadtrand ein, deutet auf ein kleines Haus mit einem großen Sonnenschirm auf dem Vorplatz. „Dort wohnt meine erste Freundin."

Die Frau unter dem Schirm hebt den Kopf, sieht vom Buch auf, das sie gerade liest und steht auf. „Willkommen, das freut mich, dass ihr mich besucht."

Sie lädt sie ein, sich zu ihr unter den Sonnenschirm zu setzen. Die Frauen umarmen sich innig. Dann holt die Freundin eine Teekanne und Gläser. „Jetzt dauert es sicher nicht mehr lange bis zur Geburt."

„Sie steht kurz bevor", bestätigt die Frau.

Die Freundin schenkt Golo Tee ein und erzählt: „Mein Kind hat die Geburt leider nicht erleben dürfen. Es kam tot zur Welt."

- „Wie geht es dir jetzt?" fragt die Frau und hält ihr die Hand.

Die Freundin setzt sich. „Wir werden es wieder versuchen. Mein Partner und ich sind zuversichtlich, dass es diesmal gelingt."

Golo spricht ihr zu: „Ihr seid tapfer, dass ihr nicht aufgebt."

- „Ans Aufgeben denken wir nicht", erklärt sie, „was mit dem ersten Kind geschah, muss sich nicht wiederholen."

Die Frau drängt zum Bewegen: „Wir gehen auf den Berg.

Bist du dabei?"

- „Ich bleibe bei meinem Buch", entgegnet die Freundin, „ein andermal werde ich die Einladung zur Ablenkung gern annehmen. Gehen ist ein gutes Mittel."

Die Frau und Golo brechen auf. Vom Haus der Freundin schlängelt sich ein Weg auf den Berg. Schafgarben blühen, locken Bienen an.

Das Haus der zweiten Freundin steht auf einem kleinen, der Anhöhe vorgelagerten Hügel. Ein langer, bunter Storen überspannt die Terrasse, taucht sie in farbiges Licht. Blumen leuchten im Garten. Die zweite Freundin empfängt sie herzlich, lädt zu einem Glas Wasser ein. „Was führt euch zu mir?"

Die Frau erzählt vom Besuch der ersten Freundin: „Wir wollten ihr etwas Ablenkung verschaffen, aber sie ist dann doch lieber zu Hause geblieben."

Die zweite Freundin hört interessiert zu, sagt zu Golo: „Wir hatten Glück. Die Geburt unseres Kindes verlief gut. Es gab nur etwas, womit wir uns versöhnen mussten: Es hat das Down Syndrom."

Sie führt sie ins Kinderzimmer. „Es schläft. Schaut es euch an! Es ist ein schönes Kind, einfach besonders auf seine Art."

Die Frau und Golo verlassen das Zimmer leise. Die Frau fragt: „Tut ihr euch schwer mit der Behinderung?"

- „Für uns", sagt die zweite Freundin, „ist es keine Behinderung, sondern eine Eigenart." Zurück auf der Terrasse, teilt sie begeistert mit, was das Kind schon alles kann: „Es geht aufrecht ohne Hilfe, spricht schon ein paar Worte, die wir verstehen. Jedes Kind entwickelt sich anders. Wir freuen uns über jeden Schritt."

Golo trinkt sein Glas aus: „Danke, dass wir das Kind sehen durften. Ich sehe mir jetzt die Umgebung an, in der es aufwächst."

Die Frau hingegen erkundigt sich: „Darf ich bei dir bleiben, bis es aufwacht? Ich würde zu gern sehen, wie es geht und spricht."

Mit Schwung schenkt ihr die zweite Freundin Wasser nach: „Du bist immer willkommen und darfst bleiben, solange du willst." Golo ruft sie nach: „Schau wieder herein, wenn du dich umgesehen hast. Mein Kind freut sich über jeden Besuch."

Er schreitet vom Hügel auf die Anhöhe, schaut ins weite Tal. Grillen zirpen. Der Aussichtspunkt bietet einen herrlichen Panoramablick. Golo sieht den Berg, wo der Fluss entspringt, und den See, in welchen er mündet. Im Hintergrund, im fast durchsichtigen Blau, schimmern die Alpen. Ein Mann steigt zu ihm hinauf. „Jetzt kannst du wieder freier atmen. Unsere Partei hat die Wahlen gewonnen. Hilfst du mir suchen?"

- „Was hast du verloren?" möchte Golo wissen.

„Ich suche meinen eisernen Arm", antwortet der Mann, „jetzt würde ich gern durchgreifen."

- „Wie sieht er denn aus?" fragt Golo weiter.

„Wie ein gewöhnlicher Arm, aber er ist aus Eisen", gibt der Mann Bescheid, „im Abstimmungskampf konnte ich ihn nicht brauchen. Da muss ich ihn wohl verlegt haben."

Golo verspricht: „Ich schaue mich um. Trag aber Sorge zu deinem richtigen Arm, dass du den nicht verlierst."

- „Es geht nicht um mich", erklärt der Mann, „jetzt muss

durchgegriffen werden."

Golo guckt ihm lange nach, wie er suchend durch den Hang streift. Er geht in entgegengesetzter Richtung weiter, kommt zu einem Park. Eine Frau zeigt ihm einen Plan. „Das Wichtigste sind die neuen Zonen. Der Weg führt mitten hindurch. Darauf kannst du weiterhin gehen. Die Wiesen und Bäume sind jedoch geschützt. Für den Menschen schaffen wir neue Räume, wo er sich aufhalten kann."

Er wirft einen Blick auf den Plan. „Da wird es wohl das Beste sein, wenn ich auf dem Weg bleibe", vermutet er.

„Es gibt Spielwiesen und Grünflächen", deutet sie an.

Golo folgt dem Weg, den er auf dem Plan gesehen hat. Er schlägt einen Bogen um eine Wiese voller Feuerlilien. Bei einer mächtigen Eiche mit weit ausladender Krone verlässt er den Park und verliert sich in einer Steppe mit Sträuchern. Dort trifft Golo einen Mann. „Ich kenne eine Heilquelle. Möchtest du sie besuchen?"

Golo sagt: „Das würde ich gern."

Er führt Golo den Wiesenbach entlang zu einer Waldschlucht hinauf. Glitzernde Wasserfälle rauschen über die Felsstufen. Aus einem Felsen sprudelt eine Quelle, speist den Seitenarm des Bachs. Der Mann sagt: „Ihre Wirkung ist stark. Du musst das Wasser nur berühren." Da Golo zögert, nimmt er eine leere Flasche aus dem Rucksack, füllt sie mit Quellwasser. „Wichtig ist, du musst dir etwas ganz fest wünschen. Da wirkt das Quellwasser am besten." Mit diesen Worten übergibt er ihm die Flasche. „Nimm sie mit! Brauchen kannst du es immer."

Golo stopft die Flasche in seine Jackentasche. „Ich werde die Wirkung probieren."

Der Mann kehrt zufrieden um, während Golo einen schmalen Pfad wählt, der aus der Schlucht hinaus ins helle Grasland steigt. Falter flattern über den Halmen und Blumen. Rosa blüht eine Schafgarbe.

Auf einer Bank unter einer Birke sitzt eine Frau, massiert den Arm. „Heben tut weh, senken schmerzt. Ich weiß bald nicht mehr, was ich mit dem Arm machen soll."

Golo sagt: „Lege ihn auf die Lehne der Bank. Ich gieße Wasser aus der Heilquelle darüber."

Die Frau schiebt den Ärmel hoch, streckt den Arm aus, legt ihn auf die Lehne. Golo lässt das Wasser aus der Flasche darüber rieseln.

„Es kühlt angenehm", meldet sie, dreht und wendet den Arm. „Die Schmerzen sind verschwunden."

### Wildblumen

Durch die Blumenwiese führt ein Weg zu einem kurzgeschnittenen Grasplatz. Darauf steht ein Tischtennistisch. Eine Frau kommt von der Stadt her, Golo vom Wald her darauf zu. Beim Tisch treffen sie sich. Die Frau kramt aus einer Tasche 2 Schläger und einen Tischtennisball hervor. „Spielen wir?"

Golo sagt: „Ich bin dabei."

Sie lässt ihn einen Schläger auswählen, spielt den Ball übers Netz. Golo schlägt ihn locker zurück. Beim Rückspiel legt sie im Tempo zu, spielt den Ball flacher übers Netz. Das Tempo steigert sich. Immer schneller fliegt der Ball hin und her, wobei ihn die Frau bald in die linke, bald in die rechte Ecke spielt. Ruhig fängt Golo die Schläge ab. Während sie nah am Tisch steht, hält Golo etwas Abstand. Dicht übers Netz schnellt der Ball. Wie Tänzer bewegen sich die Spieler. Da passiert der Frau ein Fehler. Sie schlägt den Ball zu flach. Er landet im Netz. Sie macht sich nichts daraus, hebt den Ball auf, spielt weiter.

Ein Mann kommt des Wegs. „Darf ich mitspielen?"

Golo bietet ihm seinen Schläger an. „Du darfst mich ablösen."

- „Wollen wir nicht lieber zu dritt spielen?" fragt die Frau.

Golo sagt: „Ich würde zuerst gern die Umgebung erkunden und dann weiterspielen."

- „Wie du möchtest", anerkennt die Frau, „bleibe aber nicht

zu lange weg. Ich freue mich aufs Spiel zu dritt." Sie spielt weiter mit dem Mann, während Golo dem Wiesenweg folgt und eine Biene auf der Wegwarte sieht. Winden blühen am Rand. Der Weg mündet in ein Landsträßchen. Ein Solarmobil fährt heran. Der Fahrer hält an, erzählt: „Ich bin immer unterwegs und erlebe viele Geschichten. Willst du einsteigen und mitfahren? Dann erzähle ich dir."

Golo erwidert: „Ich bin lieber zu Fuß unterwegs."

Der Fahrer steigt aus, lehnt gegen den Wagen. „Ich erzähle gern beim Fahren. Wenn ich anhalte, finde ich die Worte nicht so leicht."

Golo meint: „Das ist bei jedem Menschen ein bisschen anders."

Der Fahrer klemmt sich wieder hinter das Steuer: „Da magst du recht haben. Es war angenehm, mich mit dir zu unterhalten."

Er fährt los. Golo guckt ihm nach, wandert am Rand des Sträßchens, findet einen Elektromotor, hebt ihn auf. Er begegnet einer Frau. Sie deutet auf den Motor. „Wo hast du ihn gefunden?"

Er legt ihn ans Bord zurück. „Hier lag er."

Die Frau nimmt ihn auf. „Wer weiß, wozu er nützlich ist. Ich nehme ihn nach Hause und studiere ihn genau, bis mir etwas einfällt."

- „Das ist eine gute Idee", anerkennt er.

Beim Weitergehen kommt er an einem Haus mit hellgelber Außenfassade vorbei.

Davor warten Kinder, rangeln bei der Tür.

Golo tritt näher. „Ist die Tür verschlossen?"

Ein Junge dreht den Kopf. „Wir müssen draußen warten."

- „Und wie macht ihr das?" erkundigt sich Golo.

„Wir messen die Kraft. Wer kann stehen und sich nicht wegdrängen lassen", erläutert ein Mädchen, schubst einen Jungen zurück.

Golo fragt: „Und was gewinnst du dabei?"

- „Ich bin vielleicht zuerst", erwidert es.

Er schaut dem fröhlichen Gerangel zu, lenkt dann seine Schritte zum Landsträßchen zurück, findet einen Weg, der zum Waldrand abzweigt. Im hohen Gras steht ein Steinway Konzertflügel. Auf der Klavierbank sitzt ein Junge. Er zeigt Golo die Noten auf dem Ständer. „Kannst du mir beibringen, wie ich das spielen kann?" Er rutscht zur Seite, macht Golo Platz auf der Klavierbank.

Er setzt sich. „Kennst du die Noten?"

Der Junge sagt: „Ich kann die Noten lesen, aber nicht mit beiden Händen spielen."

- „Dann ist es einfach", meint Golo, „spiel zuerst die linke Hand, immer wieder, bis dir alles vertraut ist."

Freudig beginnt der Junge. Er hat nur auf eine Anregung gewartet. Nachdem er die Noten für die linke Hand mehrmals gespielt hat, fragt er: „Soll ich jetzt die rechte Hand spielen?"

Golo rät: „Lass ihr freien Lauf, mehrmals, bis die Finger die Melodie in sich haben."

Vergnügt lässt der Junge die Finger über die Tasten tanzen. Die Melodie hallt im Wald. Dann lässt er beide Hände zusammenspielen und freut sich über das Gelingen. Er dreht die Seite um, wendet sich dem nächsten Stück zu. „Danke, dass du mir geholfen hast."

Golo steht auf, wandert in den Wald hinein. Das Klavierspiel begleitet ihn, klingt mit in den Gesang der Vögel. Im Moos findet er eine Glasscheibe. Sie sieht aus, als wäre sie aus einem Fenster gefallen, ist jedoch ganz. Er bückt sich, schaut sie näher an und blickt sich um. Ein Schreiner kommt daher. „Da liegt die Scheibe. Sie muss mir aus der Hülle gerutscht sein." Er schiebt sie wieder hinein. „Kommst du mit zum Waldhaus? Dort setze ich sie ein."

Golo geht mit ihm. „Steht das Haus mitten im Wald?"

- „Auf einer Lichtung", präzisiert der Schreiner und schreitet voran.

Der Weg führt über Wurzelstränge und Moos zum Waldhaus. Das Fenster neben der Tür ist ausgehängt, braucht eine neue Scheibe. Der Schreiner setzt sie in den Rahmen, verstreicht den Fensterkitt. Behutsam legt er das Fenster auf den Holztisch vor dem Waldhaus.

Golo findet einen kleinen Pfad, der sich um die Baumstämme schlängelt und zu einer Bahnlinie führt, die den Wald durchschneidet. Als Golo beim Gleis eintrifft, nähert sich ein Zug. Vor einer Signallampe hält er an. Die Lokomotivführerin lässt die Scheibe herunter. „Ich muss hier warten. Was machst du im Wald?"

- „Ich erkunde die Landschaft", teilt Golo mit.

„Wenn du willst, öffne ich die Tür, und du kannst einsteigen. Mit mir bist du schnell am Ziel", bietet sie ihm an.

Er erwidert: „Ich habe ein eigenes Ziel. Ich möchte sehen, wohin der kleine Pfad geht."

- „Das kann ich dir allerdings nicht bieten", bedauert sie.

Das Signal schaltet auf Grün, und der Zug fährt los. Golo horcht, wie das Rattern der Räder verhallt. Er gelangt vor eine Höhle, die mit einem Tor verschlossen ist. Ins Tor ist eine kleine runde Tür eingelassen, die sich aufstoßen lässt. Golo geht in die Knie, streckt den Oberkörper vor, schiebt die Tür auf, versucht durch die runde Öffnung zu kriechen. Mit den Schultern kommt er durch. Plötzlich wird er unsicher, ob er steckenbleibt. Er schiebt sich vor, kann auch mit dem Becken vordringen. In der Höhle richtet er sich auf, geht aufrecht durch einen langen Gang, der mit Deckenlampen beleuchtet ist. Als er am Ende eine Tür öffnet, gerät er zu seiner Verwunderung in ein Warenhaus mit einer riesigen Auslage. Ein Mann lädt ihn ein, die Lebensmittelabteilung zu besuchen. „Es hat dort Grillfleisch, gebrauchsfertig. Die einzelnen Stücke sind so abgepackt und gewürzt, dass du sie direkt auf den Grill legen kannst."

Golo betrachtet die Vitrine, geht um sie herum und entdeckt den Ausgang. Vor dem Gebäude findet eine große Reinigung statt. Hunderte von Leuten sind mit Besen und Bürsten unterwegs, wischen und fegen den Vorplatz. Gegenüber liegt das Rathaus. Golo tritt ein und meldet sich am Schalter an. „Ich suche einen Rat."

- „Da helfen wir gerne", sagt die Angestellte, „worum geht es?"

- „Wie kann ich eure Gemeinde am besten glücklich machen?" möchte Golo wissen.

Die Angestellte hat rasch eine Antwort zur Hand: „Lade mich zum Spazieren ein, und ich gebe dir den Rat."

Golo wundert sich: „Kannst du den Schalter für geraume Zeit verlassen?"

„So lange wird es nicht dauern", vermutet sie und hängt das Schild mit dem Wort „Geschlossen" an den Schalter.

Gemütlich flanieren sie die Straße hinunter. Auf dem Gehsteig hat sich ein Mann mit Gartenstuhl und -tisch einen Sitzplatz eingerichtet. Er schreibt an einem langen Brief, blickt auf und fragt: „Was könnte in einem Brief fehlen? Habt ihr eine Idee?"

- „Schreibe, dass du die Empfängerin gern wiedersehen möchtest", empfiehlt Golo.

Der Mann greift die Idee sofort auf. „Warum bin ich nicht selber darauf gekommen?" wundert er sich.

Die Angestellte verabschiedet sich von Golo. „Du hast es selber gemerkt, wie du unsere Gemeinde glücklich machen kannst", sagt sie und kehrt ins Rathaus zurück.

Golo schaut ihr nach, spaziert allein die lange Gasse hinunter, trifft ein Mädchen. „Wenn ich ein Rätsel löse, gewinne ich 4 Farben", teilt es ihm mit.

„Was ist das für ein Rätsel?" möchte Golo wissen.

Das Mädchen berichtet: „Es ist weiß und schwimmt auf dem Wasser, kann aber auch fliegen. Was ist das?"

- „Sicher kennst du die Lösung", vermutet Golo.

Das Mädchen klatscht in die Hände. „Es ist der Schwan." Sie schreibt die Lösung in Druckbuchstaben auf ein Blatt und geht damit in einen Laden. Stolz kehrt sie mit 4 Farbstiften zurück.

Am unteren Ende der Gasse ist ein Bauer mit einer Mähmaschine beschäftigt. „Ich habe so viele Maschinen, dass ich zum Mechaniker geworden bin. Sie geben mir stets zu tun."

Golo sieht ein Schild mit dem Aufdruck „Essen auf dem Bauernhof". „Du bist vielseitig", bemerkt er, „essen kann man bei dir auch."

- „Alle Menüs sind frisch vom Hof", betont der Bauer, „du kannst dich hinsetzen und genießen."

- „Das Angebot will ich mir merken", nimmt sich Golo vor. Hinter dem Bauernhof findet er einen Weg, der durch eine Blumenwiese führt. Dort streunt ein großer Hund. Golo spricht ihn an: „Du weißt, dass das nicht angeht. Wem gehörst du? Führe mich zu deinem Halter!" Der Hund horcht auf, geht mit gesenktem Kopf voran. In der Nähe hören sie eine Frau rufen. Er fällt in einen leichten Trab, läuft jedoch immer nur so schnell, dass Golo gut folgen kann. Die Frau, die ihn rief, ist sehr erleichtert, als sie den Hund sieht, nimmt ihn an die Leine, fragt Golo: „Hast du ihn gefunden?"

- „Ich sagte ihm, er soll mich zu dir führen", erwidert Golo. „Und das hat funktioniert?" wundert sie sich.

„Hunde verstehen mehr vom Menschen, als er denkt", fährt er fort, „darauf habe ich vertraut."

Der Hund zerrt an der Leine, will weitergehen. Die Frau entschuldigt sich: „Wir können ein andermal etwas länger reden. Im Moment braucht er etwas Auslauf."

Sie geht mit dem Hund zum Bauernhof.

Golo schaut ihnen nach, dreht sich um, geht weiter. Am Waldrand rammt ein riesiger Mann Baumstämme in ein gewaltiges Erdloch, fügt Balken und Holzwände ein, bis ein Holzhaus entsteht. Er arbeitet in rasantem Tempo. Golo staunt über seine Größe und Kraft. Der Mann öffnet die Tür des soeben erstellten Hauses. „Willst du einmal hineingehen und es von innen ansehen?"

Golo tritt ein. Der Boden und die Holzwände sind um die Baumstämme gefügt. Es fehlen nur die Fenster und das

Dach. Eine Frau kommt dazu, rät: „Lass dir Zeit und mache ein richtiges Ziegeldach. Das lohnt sich auf lange Sicht."

Für den Tipp dankt der Mann und läuft ins Dorf hinunter.

Die Frau wendet sich an Golo. „Möchtest du mein Haus auch sehen?" Sie zwinkert fröhlich und aufmunternd mit einem Auge.

Golo fragt: „Wo steht es?"

Sie weist mit dem Arm zum Südhang. „Es ist nicht weit von hier."

Die Bienen summen, fliegen zu den Blüten in der Wiese. Der Weg gelangt durch eine weite Schleife in den Südhang. Vor einem leicht verwilderten Garten mit Sträuchern und Bäumen hält die Frau inne. „Da wohne ich".

An Rosmarin und Lavendel vorbei führt ein Plattenweg zum Haus, das auf einem Berg inmitten einer kniehohen Wiese voller Wildblumen steht. Auf dem Vorplatz beschattet ein mohnroter Sonnenschirm den Gartentisch. Die Frau öffnet die Tür, lässt Golo eintreten. Ein heller Wohnraum mit weiten Fenstern empfängt ihn. Daran schließt die Küche an. Die Frau zieht die Schuhe aus. Golo tut es ihr gleich. Sie geht die Treppe hinauf, zeigt ihm das Schlafzimmer mit einem großen Bett. „Ich schlafe jetzt", sagt sie zum Scherz und lässt sich aufs Bett sinken.

## Die kurze Bootsfahrt

Golo geht tiefer in den Wald hinein, gerät vor eine geräumige Höhle. Es stehen viele Betten darin. Als Decken dienen Felle. Ein Mann sitzt bei der Feuerstelle. „Möchtest du auch für eine Weile in der Höhle leben?"

Golo fragt: „Was macht ihr?"

- „Wir führen ein möglichst einfaches Leben, kochen auf dem Feuer, verbringen die Zeit im Wald", teilt der Mann mit.

„Das tönt interessant", sagt Golo.

Der Mann fährt fort: „Wir möchten möglichst viel und oft Ball spielen. Du triffst meine Freunde auf der Wiese mitten im Wald. Dort dreht sich alles um den Ball."

Golo lässt sich den Pfad zeigen, der zur Waldwiese führt. Er ist tief eingetreten. Schon von Weitem hört er laute Zurufe. Als er bei der Waldwiese anlangt, sieht er mehrere Männer Ball spielen. Sie rennen durcheinander in verschiedenen Richtungen, werfen sich einen Handball zu. Dabei bewegen sie sich unentwegt, rufen und laufen. Golo winkt einem Mann, der sofort beide Hände hochhält, wie um deutlich zu signalisieren, dass er das Spiel unterbricht.

„Darf ich dich fragen, was für Regeln euer Spiel hat?"

Der Mann kommt zu Golo an den Rand der Wiese. „Die Regeln sind denkbar einfach", gibt er bereitwillig Auskunft, „du musst schnell laufen, den Ball fangen und sofort wieder abgeben. Dabei solltest du darauf achten, dass du abwechselst und nie zweimal hintereinander den gleichen Mitspieler bedienst."

Golo geht weiter, findet einen Weg, der vom Wald hinunter in die Stadt führt. Dort gerät er in eine Flaniermeile mit vielen Ständen und Läden am Straßenrand. Die Verkäuferinnen sind sehr freundlich. Sie unterbreiten Golo ihre Angebote, lassen ihn jedoch seiner Wege gehen, wenn er nichts auswählt. In einer Seitenstraße bestellen die Menschen auf riesigen Touchscreens die Ware, die dann prompt in einen Schacht fällt. An einem Stand kann man sich eine Gesichtsmaske nach Maß anfertigen lassen. Das Gesicht wird mit Lichtstrahlen abgetastet. Zurück in der Hauptstraße, schaut Golo einer Frau zu, die einen Stuhl auf ein großes Plakat zeichnet. Kaum ist sie fertig, setzt sie sich zur Verwunderung des Publikums darauf. Golo langt beim Bahnhof an. Eine Leuchtschrift wirbt für eine neue Bahnlinie. Golo sucht das entsprechende Gleis auf, steigt in einen Zug ein. Hinter ihm drängen sich viele Schafe in den Wagen, blöken. Der ganze Zug füllt sich mit Schafen und fährt auf einen Berg. Die Türen öffnen sich. Die Schafe laufen auf eine Weide hinaus. Golo verlässt den Zug, betrachtet die weidende Herde.

An einer Pergola wachsen Trauben. Ein Mann fragt Golo: „Willst du eine Traube probieren? Es ist eine frühe Sorte, sie ist schon reif."

Golo kostet eine Traube, anerkennt: „Sie schmeckt sehr süß."

Am Rand des Bergwegs, der vom Bahnhof in die Weiden hinausführt, arbeitet eine Frau mit der Spitzhacke. „Ich werde einen Graben ausheben, damit das Wasser ablaufen kann."

Golo gelangt in ein grünes Tal ohne Straßen, Wege und Pfade. Der Wald scheint unberührt von Menschen zu sein. Golo folgt einem Wildwechsel. Am Ende des Tales, bei einer ockerfarbenen Felswand, kehrt er um, bleibt an der Seite eines kleinen Wasserlaufs, der über die Steine plätschert. Über einem Wasserfall glitzert ein Regenbogen.

Als Golo aus dem Tal kommt, wählt er den Weg, den die Frau mit der Spitzhacke bearbeitet hatte. Er gerät nach ein paar Kurven vor ein dreistöckiges Haus. Eine Katze lauert den Bewohnern auf, wenn sie ins Treppenhaus kommen will. „Sie macht das sehr geschickt", berichtet ein Mann beim Öffnen der Tür, „wir brauchen keine Katzentür." Kaum ist sie an ihm vorbeigehuscht, wendet er sich wieder Golo zu. „Kommst du mit hinauf? Ich lade dich zum Essen ein."

- „Ich", erwidert Golo, „komme gern ein andermal. Jetzt nimmt mich wunder, wie die Umgebung des grünen Tals ausschaut." Er schlägt einen Weg ein, der durch eine Blumenwiese zum Brachland führt, wo eine Frau auf einem Taburett steht. „Ich sehe die Welt von oben", sagt sie, „die Blumen, die Bienen und dich." Sie springt herab. „Gern überlasse ich dir das Taburett. Damit du die Welt aus meinen Augen sehen kannst." Sie springt herab.

Golo stellt sich darauf. „Der erhöhte Standort verändert die Sicht. Die Blumen und Bienen sind zuvor fast auf Augenhöhe gewesen. Jetzt sehe ich tatsächlich die Wiese in ihrer Vielfalt." Er beobachtet einen Segelfalter. „Wunderbar sehen die Schmetterlinge von oben aus." Dann steigt er vom Taburett.

Sie legt sich mit dem Bauch darauf. „Und jetzt genieße ich diese Sicht. Ich bin auf Augenhöhe mit den Blüten. Das musst du auch einmal probieren."

Golo wartet, bis sie aufgestanden ist, legt sich ebenfalls bäuchlings darauf. „Ich kann bei den Lilien fast auf den Grund hinuntersehen. Auch das ist ein eindrücklicher Anblick." Er stellt sich wieder auf die Füße.

Nun hüpft sie aufs Taburett. „Achte auf die Sprache! Jetzt rede ich von oben herab mit dir."

Er lacht, hebt den Kopf. „Und ich von unten herauf."

„Suchst du etwas Bestimmtes da unten?" fragt sie mit veränderter Stimme, als würde sie mit einem Kind sprechen.

„Ich vermisse den Austausch auf Augenhöhe", antwortet er, „soll ich zu dir aufs Taburett steigen oder kommst du herab?"

Sie reicht ihm die Hand. „Das probieren wir aus, zu zweit auf dem Taburett."

Vorsichtig steigt er zu ihr hinauf. Eng aneinandergeschmiegt, stehen sie eine Weile auf dem Taburett, springen gleichzeitig herab.

„Was hast du nun vor?" möchte sie wissen.

Er blickt sich um. „Ich möchte das Brachland erkunden, was ich da alles sehe und antreffe."

Sie hebt das Taburett auf, zeigt auf ein Haus am Ende der Wiese. „Dort wohne ich. Wenn du Lust auf weitere Übungen mit dem Taburett hast, besuche mich."

Golo merkt sich das Haus, schreitet weiter ins Brachland hinaus, gerät in eine Steppe mit Büschen. Dort sitzt ein Mann an einem Computer. Den Tisch beschattet ein Sonnenschirm. Golo tritt näher. Der Mann wendet sich Golo zu. „Es macht Spaß, im Freien zu sitzen. Da fallen mir viele Texte ein, die ich in aller Ruhe eintippen kann." Er zeigt es Golo gleich vor. Seine Finger tippen in rasantem Tempo ein.

Eine Frau schreitet durch die Steppe. Als sie sich zu den Männern gesellt, erscheint eine Rose auf dem Bildschirm. Der Mann langt sich an den Kopf. „Ich bearbeite doch gar keine Bilder. Ich bin im Textprogramm."

Die Frau lacht. „Störe ich?" Sie pflückt die Rose vom Bildschirm, schiebt sie zwischen die Zähne, legt die Arme über die Schulter des Manns und gibt folgende Worte ein: „Auf Wiedersehen und viel Glück."

Der Mann lässt die Blicke zwischen dem Bildschirm und der Rose hin und her wandern. „Wie konntest du die Rose aus dem Bildschirm nehmen?"

Sie schwenkt sie und entfernt sich rückwärts schreitend. „Das ist mein kleines Geheimnis."

Er springt hoch, läuft ihr nach. Immer mit der Rose winkend, flieht die Frau. Der Mann läuft ihr nach.

Hinter den Büschen verliert sie Golo aus den Augen. Er schreitet weiter, bis er vor ein rundes Zelt kommt. Ein Mann mit einem Umhang und einem Zauberhut schlägt das Tuch vor dem Eingang zurück, stellt einen Tisch auf. „Hättest du gern einen Apfel?"

- „Im Moment habe ich keinen Hunger", erwidert Golo.
Der Mann greift zu einem Stab, zeichnet einen Apfel in die Luft. Ehe Golo etwas dazu sagen kann, liegt ein Apfel auf dem Tisch. „Möchtest du mehr?" Der Mann zerschneidet den Apfel in 2 Hälften, die sich, kaum liegen sie auf dem

Tisch, in 2 ganze Äpfel verwandeln. Nur kurz berührt er sie mit dem Stab, verzaubert sie in Orangen. „Oder hättest du lieber Bananen?" fragt er und tippt die Orangen an, die sofort zu Bananen werden.

„Wie machst du das?" nimmt Golo wunder.

Der Mann lacht nur. „Kontrolliere deine Haltung, sonst bist du nachher ganz verspannt", rät er, während er die Bananen mit dem Stab berührt und in ein Billett verwandelt. „Gehst du lieber auf Reisen?"

- „Ich bin gern zu Fuß unterwegs", wendet Golo ein.

Doch da hat der Mann, ohne Golos Antwort abzuwarten, das Billett bereits in ein Fahrrad verzaubert. „Vielleicht ziehst du das Radfahren vor."

Golo weicht zurück, denn nun, mit einer blitzschnellen Bewegung des Stabs, macht der Mann ein Solarmobil aus dem Velo. „Wie wäre es damit?"

- „Das wäre mir eine Nummer zu groß", erwidert Golo und verabschiedet sich vom Zauberer. Beim Weitergehen durchs Brachland begegnet er einem Mann, der sein Tagebuch mitführt. „Meine Frau hat mich gebeten, immer das erste Wort, den ersten Satz des Tages aufzuzeichnen. Dabei kommt eine reiche Sammlung zustande." Er öffnet es, lässt Golo hineinschauen.

„Das ist eine beachtliche Sammlung", anerkennt er.

Der Weg mündet in eine Straße, an welche eine Reihe von Häusern gebaut ist.

Ein Haus steht vor, ist den anderen vorgelagert. Eine Frau tritt heraus. „Mein Vater, der das Haus baute, wollte ein bisschen aus der Reihe tanzen. So bin auch ich geartet. Dabei sein, aber ein bisschen für mich." Sie reckt den Hals.

„Und die Nase vorn."

Golo betrachtet sie und das Haus, geht weiter, bis er an einen See gelangt. Das Wasser funkelt in Ufernähe. Am Bootssteg sind 2 Ruderboote vertäut. Eine Frau fragt: „Möchtest du in den See hinausrudern?"

Er freut sich über das Angebot. „Das könnte mir gefallen", antwortet er und steigt in ein Boot. Sie löste das Seil.

Er rudert hinaus. Nach ein paar Ruderstößen bricht das Ruder. „Was habe ich falsch gemacht?"

Die Frau steigt ins andere Boot. „Das ist nicht weiter schlimm. Das Ruder wird wohl morsch gewesen sein." Sie rudert zu ihm hinaus, nimmt sein Boot ins Schlepptau und rudert zum Bootssteg zurück.

## Der Flug

Beim Gang durch die Altstadt winkt ein alter Mann. „Sieh dir meine Wohnung an", ruft er Golo zu, „bei mir findest du nichts Digitales."

Golo tritt näher. „Was möchtest du mir zeigen?"

Der Mann öffnet die Tür. Er hat verschiedene Kameras, bei denen alles noch von Hand eingestellt werden muss: Die Schärfe, die Belichtungszeit, der Transport des Films. Seine modernste Kamera ist eine Super-8-Filmkamera. Aber auch dort gibt es kein digitales Element. Der Mann fotografiert Golo, wie er sich über die Kameras beugt. „Das Bild kommt dann in meine Sammlung." Sein Büchergestell verfügt über eine Reihe von Fotoalben. Golo betrachtet die Bilder, vorwiegend Aufnahmen von Gästen, welche die Kameras anschauen. Beim Hinausgehen verspricht der Mann Golo einen Abzug des Bildes, das er von ihm gemacht hat.

In einer Seitengasse findet Golo ein großes Loch mit menschlichen Lippen. Eine Frau sagt: „Das ist der Gierschlund. Pass auf! Was immer du hineinwirfst – er verschlingt es gierig."

Ein Mann schleppt einen Schreibtisch auf seinem Rücken. „Macht Platz!" Er wirft den Tisch in den Gierschlund, der ihn sofort verschlingt.

„Schade für den Tisch", sagt Golo.

Der Mann lacht nur. „Ich habe einen neuen."

Eine Frau schleudert einen Pappbecher in den Schlund. „Er ist doch praktisch. Man muss nur darauf achten, dass nichts Neues aus Versehen in den Rachen gerät. Das wäre unwiederbringlich verschwunden."

Sie fährt sich übers Handgelenk, zuckt zusammen. „Ich hatte ein Armband. Beim Werfen muss es sich gelöst haben. Es ist verloren."

Golo sieht das Armband auf den Lippen des Schlunds. Während er den Pappbecher schlingt, gelingt es Golo, es von den Lippen zu nehmen.

Die Frau dankt ihm. „Das war sehr mutig von dir. Wie leicht hätte er deine Hand, deinen Arm oder dich ganz verschlingen können." Sie legt das Armband wieder an.

Golo schlendert weiter, gerät aus der Altstadt in ein Wohnquartier, wo große Gärten die Häuser umgeben, Feuerlilien und Malven blühen. Ein Mann steht vor einem riesigen Baum, der sein Haus überwächst. „Ich pflanzte aus Versehen einen Mammutbaum."

Golo betrachtet den mächtigen Stamm und die weite, hohe Krone. „Was hast du vor?"

- Ich lasse ihn einmal weiterwachsen, beobachte aber sehr sorgfältig, wie es sich aufs Haus auswirkt."

Golo verlässt das Wohnquartier, biegt in einen Weg in den Südhang ein. Dort steht das Haus einer Frau. Sie sagt: „Ich wollte einfach immer südlicher leben. So bin ich in dieses Haus eingezogen."

Golo fragt: „Was gefällt dir besonders an der Lage?"

- „Mich freut, dass ich oft draußen sein kann. Ich bin gern im Freien."

Beim Weitergehen entdeckt Golo einen Wiesenpfad,

der zum Waldrand führt. Auf einer Bühne, die aus rohen Brettern gezimmert ist, proben Schauspielerinnen ein Theaterstück. Eine Schauspielerin steht mit dem Textbuch am Rand. „Das Stück handelt von einem Aufbruch. Es sind Frauen, die gemeinsam in eine neue Zukunft aufbrechen." Golo wünscht ihnen gutes Gelingen für die Aufführung. Er folgt dem Weg, der den Waldrand säumt, sieht einen Vogel, der hoch in der Luft fliegt. Ein Mann beobachtet ihn mit dem Feldstecher. „Willst du auch einmal durchgucken? Das ist ein seltener Vogel. Er wird in ein fernes Land fliegen."

Der Weg führt vom Wald weg in eine Siedlung, wo ein Bagger daran ist, ein Haus abzubrechen. Er schiebt ein Wirtshausschild von der zersplitternden Fassade. Eine Frau findet es schade, dass das Gebäude abgerissen wird. „Vor allem das Schild hätte man vorher abnehmen können." Sie geht in ein Gartenrestaurant, lädt Golo zu einem Tee ein. Das Wirtshaus hat ebenfalls ein schönes Schild. Als der Baggerführer in der Arbeitspause dort einkehrt, fällt es ihm auf. „Es gefällt mir."

Die Frau sagt: „Das sagst ausgerechnet du, der vorher ein wunderbares Schild abgerissen hat."

Er erwidert: „Das war während der Arbeitszeit. Da tu ich einfach meinen Job. Aber das hindert mich nicht, in der Pause etwas schön zu finden."

Golo trinkt sein Glas aus, geht weiter. Der Weg steigt hinter der Siedlung wieder zum Wald hinauf. „Ein bisschen seltsam ist es schon, wie ich da gegängelt werde", findet Golo, eben war ich noch vom Wald entfernt. Nun komme ich ihm wieder nahe."

Er sieht eine Gruppe, die mit dem Förster in den Wald vordringt. Er erklärt Golo: „Wir erkunden regelmäßig, wie es dem Wald geht, ob zum Beispiel ein Sturm Schaden angerichtet hat. Das Regelmäßige hat den Vorteil, dass man sichere Aussagen machen kann. Dieser Teil des Waldes ist robust und sehr gesund."

Golo kommt zu einem Waldhaus, wo sich Großeltern mit einem Enkelkind aufhalten. Die Großmutter erzählt: „Das Kind freut sich, wenn es uns besuchen darf. Es macht ihm Spaß, hier zu übernachten, tagsüber durch den Wald zu streifen und Moos, Zweige und Rindenstücke zu sammeln."

Beim Waldhaus findet Golo einen Pfad, der aus dem Wald zu einem Wiesenhang führt. Dort ist ein Mann daran, mit einer Sense das Gras zu mähen. „Es gibt verschiedene Sensenblätter", sagt er zu Golo, „mit dem stärksten kann ich auch kleine Sträucher schneiden, die im Gras gewachsen sind."

Vom Rand der Wiese bietet sich eine Aussicht auf einen See. Eine Frau zeigt Golo eine Karte. „Darauf sind alle Inseln eingetragen. Es bereitet viel Freude, sie zu erkunden."

Er wandert zum See hinunter. Ein Mann fragt: „Willst du dich in mein Segelboot setzen? Ich fahre um die Inseln herum, und du kannst sie aus der Nähe betrachten."

Golo nimmt in seinem Boot Platz. Der Mann umsegelt die Inseln, die allseits von funkelndem Blau umgeben sind. Bäume und Sträucher überwachsen sie dicht. Bei einer Insel ragt ein Bootssteg vor. Da legt der Mann an, lässt Golo aussteigen. „Ich komme dich wieder abholen."

Golo streift durch den Inselwald, hört ein verhaltenes

Rauschen in den Blättern. Von den riesigen Bäumen baumeln lange Flechten. Die Kronen sind ineinander verwachsen, lassen nur spärlich Licht auf den Waldboden fallen. Golo trifft eine Frau. Sie erzählt ihm von einer neuartigen Behandlung. „Die Therapeutin geht mit dem Klienten unter Wasser. Dort versucht sie, sich mit ihm zu verständigen. Gerne zeige ich dir, wie es geht." Sie packt aus ihrer Reisetasche eine Badehose für Golo und ihr Badekleid aus. In einer Bucht ziehen sie sich um, gehen ins Wasser, tauchen. Die Frau macht verschiedene Gebärden, berührt ihn mit der Hand. Golo antwortet seinerseits mit Gebärden. Sie tauchen auf, setzen sich auf einen sonnenwarmen Felsen. „Es funktioniert wirklich", anerkennt Golo, „ich habe mich verstanden gefühlt." Nachdem er sich von der Sonne hat trocknen lassen, wandert er zum Bootssteg. Der Mann mit dem Segelboot wartet auf ihn. „Hast du die Frau getroffen?"

- „Wir haben uns unter Wasser verständigt", berichtet Golo.

Der Mann segelt zum Landesteg am Ufer, lässt Golo aussteigen. „Ich führe dich gern mit dem Segelboot aus. Du musst mir nur sagen, wohin."

Golo dankt für das Angebot. Er folgt dem Uferweg, kommt vor ein Bootshaus, wo ein junger Mann Musik hört. „Ich lasse mich von der Musik berauschen", teilt er mit. Er dreht und wendet sich rhythmisch, zuckt und fährt hoch.

Golo schaut ihm zu. „Du hast einen eigenen Tanz." Er sieht sich nach dem weiteren Weg um, geht ein paar Schritte weiter. „Danke, dass ich zuschauen durfte."

Der Uferweg führt ihn zu einem Haus, das spiralförmig

wie ein großes Schneckenhaus gebaut ist. Eine Frau tritt heraus. „Soll ich ein Paket schicken?"

- „Was ist das für ein Paket?" fragt Golo zurück.

Sie eilt ins Haus, zeigt es ihm. „Es ist ein Buch darin. Ich weiß nicht, ob ich es meinem Freund senden soll."

Golo betrachtet das Paket. „Es sieht gut aus und wartet nur darauf, dass du es abschickst."

- „Bleibst du auf dem Uferweg?" möchte sie wissen.

Er überblickt den Weg. „Das habe ich vor."

Sie begleitet ihn. „Dann habe wir den gleichen Weg."

Der Weg führt in ein Dorf hinein. Die Frau bringt das Paket zur Post. Golo betrachtet einen Schriftzug an einer Wand. Die Buchstaben sind etwas verwaschen, scheinen sich immer neu und anders zusammenzusetzen. Viele Namen fallen ihm auf diese Weise ein, Namen von Personen, die er schon lang nicht mehr gesehen hat. Ein Mann ruft ihn: „Das musst du dir ansehen."

Golo geht zu ihm ans Ufer, sieht einen sehr großen Hecht. Dicht unter der Oberfläche schwebt er im Wasser, bewegt kaum die Schwanzflosse, lässt sich auch nicht von den beiden Menschen irritieren. „So einen großen Fisch sieht man nicht alle Tage." Er kehrt auf den Uferweg zurück, wandert weiter. Ein Weg zweigt ab ins Grasland. Die Halme werden immer höher, reichen bis zu den Schultern. Der Weg vor ihm ist eingewachsen. „Besser, ich kehre um", sagt sich Golo und sucht den Uferweg wieder auf. „Da komme ich besser voran." Er schaut auf den See hinaus. Sein Blick tanzt über die wechselnden Blautöne. Mal türkis, mal tiefblau leuchtet das Wasser. Manchmal funkelt es so hell, dass es blendet. Leise plätschernd rollen die

Wellen am Ufer aus, sprühen Lichtblitze in die Kronen der Uferbäume. Eine Frau kommt ihm entgegen. Sie hat kleine Flügel an den Schuhen. „Wenn du mir die Hand gibst, kannst du mit mir fliegen."

Er reicht ihr die Hand. „Das würde ich gerne ausprobieren."

Sogleich schwingt sie sich in die Luft, zieht ihn hoch. Zu zweit fliegen sie über die Uferbäume hinaus, über den See. Nach einer ausgedehnten Schleife landen sie auf einer Wiese am Ufer. „Gefiel dir der Flug?" fragt sie, „möchtest du noch höher hinaus?"

Golo sagt: „Das war eindrücklich. Ich muss mich erst sammeln."

Hoch oben am Himmel gleitet eine Wolke dahin. „Wir könnten bis zu ihr hinauf und über sie hinausfliegen", schlägt sie ihm vor.

„Ist gut", willigt Golo ein, „das versuchen wir."

Er gibt ihr die Hand. Sie hebt mit ihm ab, steigt immer höher hinauf, bis der See wie ein kleines blaues Becken erscheint. Fern tauchen die Reihen der Waldberge und der Alpen auf. Der Flug führt über die Wolke hinaus. Langsam schweben sie dahin. Dann dreht die Frau ab. In weiten Schleifen gleiten sie herab, landen wieder neben dem See.

„Wie war es?" erkundigt sie sich.

Golo atmet tief durch. „Für einen Moment kam ich mir wie schwerelos vor."

Sie fliegt über ihn. „Wenn du wieder Lust hast, kommst du an diese Stelle an den See. Da treffen wir uns." Sie steigt hoch hinauf, ist nur noch als winziger Punkt zu erkennen, bevor sie ganz im Blau verschwindet. Golo senkt den Blick, schaut ein Pfauenauge auf einer Malve an. Dann setzt er seinen Weg fort. Wellensterne blinken im See.

Die Wolkengondel

Die Wolkengondel